Gustav Kawerau

Hieronymus Emser - Ein Lebensbild aus der

Reformationsgeschichte

Gustav Kawerau

Hieronymus Emser - Ein Lebensbild aus der Reformationsgeschichte

ISBN/EAN: 9783743621121

Hergestellt in Europa, USA, Kanada, Australien, Japan

Cover: Foto ©Raphael Reischuk / pixelio.de

Manufactured and distributed by brebook publishing software
(www.brebook.com)

Gustav Kawerau

Hieronymus Emser - Ein Lebensbild aus der

Reformationsgeschichte

Hieronymus Emser.

Ein Lebensbild aus der Reformationsgeschichte.

Von

D. Gustav Kawerau.

— — —

Halle 1898.
Verein für Reformationsgeschichte.

I. Kapitel.

Wanderjahre.

Zu Anfang des letzten Viertels des 15. Jahrhunderts befand sich in den Diensten der Reichsstadt Ulm als Anführer ihrer Söldner ein schwäbischer Edelmann, Wilhelm Emser; eine Ulmerin, Margarethe Renz, hatte er dort als Ehefrau heimgeführt. Er selbst gehörte nicht dem patrizischen Adel der Stadt an, wird also wohl von außen dahin eingewandert sein.[1] Dem Ehepaare wurde ein Sohn geboren, dem sie den Namen Hieronymus in der Taufe beilegten. Ueber Geburtstag und Geburtsjahr des Knaben sind wir nicht ganz sicher unterrichtet; denn er hat selbst später in seinen Schriften das eine Mal den 16., das andere Mal den 26. März als seinen Geburtstag bezeichnet. Wahrscheinlich handelt es sich an ersterer Stelle um einen Druckfehler. Sein Geburtsjahr aber muß danach berechnet werden, daß er in der Grabschrift als im 50. Lebensjahr verstorben bezeichnet wird. Ob aber diese Angabe, die von seinem Todestage, dem 8. November 1527, aus berechnet werden muß, das Jahr 1478, oder nach ungenauerer Redeweise das Jahr 1477 meint, bleibt ungewiß.[2] Der Sohn hat später auf den Adel, den er vom Vater ererbt hatte, viel Gewicht gelegt. Auf einer großen Zahl seiner Schriften seit 1519 prangt das Familienwappen, das als Helmzier und auf dem Schilde das Brustbild eines Steinbocks mit seinen mächtigen Hörnern zeigt, und neben dem Wappen meldet ein Täflein dem Leser: „Arma Hieronymi Emser". Diesem geflissentlichen Zurschautragen seines Wappens hat er es später in den Jahren der hitzigen Polemik für und wider die Reformation zu danken gehabt, daß ihm der Spitzname „Bock Emser" in der gegnerischen

Flugschriftenlitteratur und auch in manchem Bilde jener Zeit als ein character indelebilis aufgeprägt worden ist. Seiner schwä= bischen Heimat hat er sich später gern gerühmt. Er hat nament= lich betont, daß der Freimut und die Unverblümtheit seiner Rede schwäbische Eigenart an ihm sei;[3] und in der That muß ihm das Zeugnis gegeben werden, daß er in allen Kämpfen diese Eigenart bewahrt hat, daß er als eine ehrliche Haut allen Winkelzügen und allem Versteckspielen abhold ist; gerad heraus, auch in Selbst= bekenntnissen von überraschender Offenherzigkeit, im Kampfe dabei auch von unverblümter Grobheit. Nur selten sehen wir ihn diese seine offne Art einmal verleugnen.

Der Vater scheint den Wohnsitz mehrfach gewechselt und auch anderwärts Söldnerdienste gethan zu haben. Denn 1493 wird der Sohn als aus „Geldorf" stammend bezeichnet.[4] Man hat wohl mit Recht vermutet, daß der Vater in dieser Zeit bei den Schenken von Limburg in Gaildorf in Diensten gestanden habe. Aber schon 1497 wird als des Sohnes Heimat „Widar= stetten" oder „Wittenstetten" (= Weidenstetten, Diöcese Augsburg) angegeben;[5] der Vater hatte also wohl wieder den Dienst gewech= selt und sich dann schließlich wieder in Ulmische Dienste zurück= begeben. Über die Jugend des Sohnes fehlen uns alle Nach= richten.[6] Wir hören zuerst von ihm, als er am 19. Juli 1493 in Tübingen immatrikuliert wird, wo er an dem bald nach ihm die Universität beziehenden Bruder des berühmten Johann Reuch= lin, Dionysius, einen Lehrer auch der griechischen Sprache fand, die damals noch so wenig gelehrt und gelernt wurde.[7] Auch wird noch aus Tübingen seine Bekanntschaft und Freundschaft mit dem berühmten Humanisten Heinrich Bebel stammen, der im Frühjahr 1496 hieher kam. Was ihn veranlaßt hat, noch vor Abschluß seiner Studien im Baccalaureatsexamen Tübingen zu verlassen und sich im Winter=Semester 1497 zum Zwecke dieser Promotion nach Basel zu begeben, entzieht sich unserer Kenntnis. Zwingli hat freilich später gegen ihn den Vorwurf geschleudert, daß er wegen Vergehen auf sittlichem Gebiete öfters eilends und unfreiwillig habe den Platz räumen müssen.[8] Doch hat Emser selbst diese Behauptung lebhaft bestritten, allerdings nur in der Form, daß er sich darauf beruft, es sei nie eine öffentliche

Klage wegen solcher Dinge gegen ihn erhoben, im übrigen sei freilich nichts „Menschliches" ihm fern gewesen. In Basel bestand er noch im Winter=Semester 1497 die Baccalaureats=Prüfung und wurde 1499 Magister der freien Künste. Ein übermütiger Streich, in dem der Schwabe sich an den Schweizern zu reiben suchte, machte seinem Baseler Aufenthalt ein fatales Ende. Wir besitzen von ihm selbst in drei verschiedenen Schriften aus verschiedener Zeit Berichte über das Vorgefallene, die nicht völlig überein= stimmen, aber doch ungefähr folgenden Hergang ergeben.[9] Ein Schweizer Kommilitone hatte ihn durch ein Spottgedicht auf die Schwaben geärgert. Als dieser nun eines Tages neben ihm in einer juristischen Vorlesung sanft entschlummert war, benutzte er die Gelegenheit, ihm ins Kollegheft Spottverse auf die Schweizer hineinzuschreiben, nach der einen Darstellung Verse eigenen Fabri= kates, nach der andern Version Verse seines Freundes Bebel. Dieser Scherz habe, so erzählt er weiter, eine solche Aufregung her= vorgerufen, daß man ihn gefesselt und eingekerkert habe; der Pöbel der Stadt habe sich gegen ihn aufgeregt; vor Gericht habe er zwar nachweisen können, daß das Ganze nur ein Scherz gewesen sei, und so sei der Pöbel wieder beruhigt worden. Aber der aus Patriotismus parteiische Rat habe ihn doch aus der Stadt aus= gewiesen. Dankbar erinnert er sich, daß der damalige Statthalter Christoph von Utenheim, der nachmals Bischof von Basel wurde, in diesem Handel schützend seine Hand über ihn gehalten habe. Eine Zeit der Not kam damit für ihn, denn wir besitzen noch ein Gedicht, das er in dieser bösen Zeit an den Rat Kaiser Maximilians Blasius Hölzel richtete, den er unter Darlegung seiner Unschuld als ein „Armer" und „Vertriebener" um seine Hilfe anspricht.

Hören wir ihn, wie er hier über das „freche Basel" und über sein unverschuldetes Unglück klagt:

Denn sie sperrten mich kürzlich gewaltsam in hartes Gefängnis,
　Weil ich spielend im Scherz folgende Verse verfaßt:
„Schweizer, du bist ein Tyrann, ein Feind unsres Glaubens und Gottes,
　Taugenichts, nährst dich von Milch, melkest nur träge die Kuh.
Fürder nicht können die Götter mehr dulden den Raub in Gewaltthat,
　Sohn der Wälder, den du liebest nach Räubermanier.

Naht doch die Zeit, da du, der du hofftest auf goldene Beute,
    Fliehst, wenn der gallische Fürst sendet sein scharfes Geschoß."

Diese Verse verehrt' ich gereizt einem Schweizer Bekannten,
    Weil er uns Schwaben zuvor hatte in Versen geschmäht.

„Schwaben", so sagt' er, „sind feig, Ausreißer, unwissend und träge" —
    Also trieben wir Scherz, aber in harmloser Art.

Doch ich spürte gar bald den bösen Schaden des Scherzes,
    Denn in bitterem Neid legte man Fesseln mir an.

Werde zum Tode verklagt, es erregt sich der thörichte Pöbel,
    Stellen mich vor ihr Gericht, möchten verbrennen mich gar;

Alle mir feindlich gesinnt, mit scheelen Blicken, o Jammer!
    Und ein jeder hat nur finsteren Tadel für mich.

Was will ich machen? ich sage: „im Scherze geschriebene Verse
    Waren es", und es bezeugt Gleiches der Schweizer Student.

Weiter sag' ich: „sie wurden uns heimlich geraubt und verbreitet;
    Niemals hier in der Schweiz kränkte ich Jemandes Ehr'!"

Drauf beruhigte sich der Haufe, zufrieden mit unsrer
    Antwort, und man sprach frei mich von bösem Verdacht;

Aber noch schäumet der Zorn des schwabenfeindlichen Rates,
    Treibt mich hinaus aus der Stadt, einen geächteten Mann.

Drum von Armut gedrückt, verbannt und in's Elend getrieben,
    Warte ich, ob mein Geschick günstige Wendung erfährt.

Dies mein Unglück melde ich dir, du trefflicher Hölzel,
    Lies es und wende dein Herz unschuldig Leidendem zu!

Einst, wenn wieder in Huld ein heiterer Himmel mir lächelt,
    Will ich mit besserem Lied danken dir; jetzt lebe wohl!

Wahrscheinlich wandte der aus Basel Ausgewiesene zunächst seine Schritte zum Hoflager Maximilians, um Hölzel aufzusuchen; ob er es aber dessen Empfehlung oder der Vermittlung Andrer zu danken hatte, daß er bei dem Legaten, Kardinal Raimund Peraudi, Anstellung fand, wissen wir nicht. Auch bleibt unklar, ob er in dessen Dienste eintrat, noch während dieser in Tirol weilte, oder ob er erst bei ihm Aufnahme fand, als er mit der Jubiläumspredigt in die Constanzer Diözese gezogen kam.

Zwei Jahre lang begleitete Emser ihn auf seiner Rundreise durch Deutschland als sein Privatsekretär (ab epistolis) und als sein Kaplan (a sacris). Danach muß er bereits damals sich dem geistlichen Berufe zugewendet und die kirchlichen Weihen empfangen

haben. Wir dürfen annehmen, daß er nach absolviertem Magister=
examen sich der Theologie und der Vorbereitung auf den geist=
lichen Stand zugewendet hatte.[9a] Die Erinnerung an den häß=
lichen Baseler Konflikt taucht, wie bemerkt, mehrfach in seinen
Schriften wieder auf; besonders in seinem Kampfe später mit
Zwingli macht sich auf beiden Seiten der Gegensatz des Schwei=
zers und des Schwaben wieder bemerkbar; war doch Zwingli
selbst eben in jener Zeit nach Basel als Student gekommen (1502),
als jener Konflikt sich abgespielt hatte. Emser klagt noch später
über die Beleidigungen, die er damals erlitten habe, und rühmt
sich, daß er gegen keinen seiner persönlichen Feinde hernach sein
Recht weiter verfolgt habe.

Was wollte aber der Kardinal, in dessen Dienste Emser jetzt
trat, im deutschen Reiche?

In Rom war im Frühjahr 1500 ein Krieg der Christenheit
gegen die Türken beschlossen worden; zu dem Zwecke wurden in
die einzelnen Länder Legaten ausgesendet, um die Fürsten unter=
einander zu versöhnen, dabei aber zugleich als ergiebige Geld=
quelle das in Rom gefeierte Jubeljahr mit seinem Jubiläums=
ablaß zum Zweck des Türkenkrieges über die ganze Christenheit
auszudehnen.[10] Kardinal Peraudi*), ein eifriger Türkenheißsporn,
wurde am 5. Oktober zum Legaten für Deutschland, Dänemark,
Schweden und das Ordensland Preußen ernannt. Schon am
26. Oktober hatte er seine Fahrt angetreten, mußte aber den
Winter über in Roveredo Halt machen, da ihm König Maxi=
milian den Durchzug durch seine Erbländer, und mehr noch, die
Reichsstände, mit dem König vereint, ihm den Einlaß in das
durch Abläffe und andre kirchliche Steuern „erarmete und er=
schöpfete" Reich verwehrten. Endlich, im April 1501, wurde ihm
Einlaß gestattet, aber unter der Bedingung, daß er erst den Nürn=
berger Reichstag und dessen Beschlüsse abwarten solle, ehe er mit
seiner Thätigkeit beginnen dürfe. Da begab er sich jetzt nach
Innsbruck, verständigte sich hier mit Maximilian, daß er alles
Ablaßgeld bei den Bankhäusern der Fugger und Welser deponieren
sollte. Nachdem er in Ulm wegen seines Gichtleidens einigen

---

*) Seit 1491 Bischof von Gurk, daher gewöhnlich Gurcensis genannt,
seit 20. September 1493 Kardinalpriester.

Aufenthalt gehabt hatte, zog er am 16. August feierlich in Nürnberg auf dem Reichstage ein. Am 11. September kam ein Vertrag zwischen ihm und den Ständen zustande, in welchem gewisse Bedingungen und Schranken für seine Ablaßpredigt aufgestellt, besonders zwei Reichsbeamte ihm zu beständiger Controlle zur Begleitung mitgegeben wurden; der dritte Teil alles einkommenden Beicht= und Ablaßgeldes sollte zum Unterhalt des Legaten und aller dabei beteiligten Personen verwendet werden. Das Jubelablaßgeld wurde im übrigen an das Reichsregiment, nicht nach Rom, abgeliefert und sollte lediglich zum Türkenkriege verwendet werden. Wir finden ihn dann den Rest des Jahres in Trient bei Maximilian, wo er den Friedensverhandlungen mit Frankreich beiwohnte (freilich ohne dabei thatsächlich als Vermittler zu dienen); darauf in Botzen und Brixen. Erst im Januar 1502 wurde ihm die Eröffnung des Jubelablasses im Reich gestattet, und mit bewundernswürdiger Schnelligkeit durchzog er nun den Südwesten Deutschlands — zunächst die Constanzer Diözese, wobei wohl für Emser die Gelegenheit kam, in seine Dienste einzutreten; dann weiter die Diözesen Augsburg, Speier und Mainz, Trier und Köln. Von Köln wandte er sich anfangs Mai nach Frankfurt zurück, verweilte längere Zeit in Mainz, wo er sich mit der kurfürstlichen Partei gegen Maximilian verband. Dieser forderte nämlich für seinen Kampf gegen die Türken in Ungarn die Herausgabe des Ablaßgeldes, wollte sogar, als Peraudi im Juli nach Ulm kam, ihm gewaltsam das Geld nehmen lassen, so daß dieser nach Straßburg floh. Wieder ausgesöhnt mit dem König, wandte er sich nach dem Nordosten. Ende Oktober ist er in Erfurt, wo ihn sein Leiden wieder festhält; Ende Dezember reist er weiter nach dem Herzogtum Sachsen; er besucht Kloster Altzelle, Meißen, Leipzig, wo Emser der Promotion Conrad Wimpinas zum Doktor der Theologie beiwohnte und die berühmten Augustiner Proles und Staupitz sah. Weiter gings an den Hof Friedrichs des Weisen nach Wittenberg, wo Peraudi die Allerheiligenkirche, die Kirche der 95 Thesen, weihte und mit Ablässen begnadete. Weitere Stationen waren Magdeburg, Wolfenbüttel, Braunschweig. Am 12. April waren sie schon in Lübeck, wo er einen Friedensschluß zwischen der Hansestadt und Dänemark vermittelte; dann ging der Weg über Hamburg, Stade, Bremen nach Mainz zurück, um dort mit dem Kurfürsten weiter über das Einsammeln des Jubelgeldes zu verhandeln. Eine längere Pause trat ein, während deren sie am Mittelrhein Station machten. Nachdem er dann 1503 noch einer Kurfürstenversammlung in Würzburg beigewohnt hatte, begegnen wir ihm wieder in Köln, von wo er sich Ende Oktober zu einer neuen Versammlung nach Frankfurt a. M. begab. Hier legte er seine Legation nieder, und trat über Mainz, Worms, Speier seine Rückreise nach Rom an. In Speier verzögerte sich seine Reise; erst im Januar 1504 siedelte er nach Straßburg über, von wo er im April über Basel weiterzog. In Frankfurt (Ende Oktober 1503) oder in Straßburg (Januar 1504) wird er Emser aus seinen Diensten entlassen haben. Dieser gedenkt später einmal dieser Zeit seines Lebens mit den Worten:[11] „Ich habe mit dem Kardinal Raimund hochseliger Gedächtnis einen großen Strich deutscher Lande, nämlich 5 erzbischöfliche und bei 20 bischöfliche Stifte und Kirchen durchwandert, fleißig Acht gegeben auf die Fundation, Antiquität und andre Monumenta".

Diese Fahrt durchs deutsche Land, die Emser im Gefolge des Legaten hatte unternehmen können, gab ihm nicht nur Gelegenheit, viele Städte kennen zu lernen, sondern es knüpften sich auch zahlreiche Bekanntschaften an, die für ihn Wert hatten und ihn in der gelehrten Welt seiner Tage bekannt machten. Es treten uns zunächst solche Verbindungen in Nürnberg und Straßburg entgegen. In Nürnberg*) konnte er einen alten Bekannten begrüßen, den berühmten Willibald Pirkheimer, den er zuerst 1499 in der Schweiz gesehen hatte, als dieser, kaiserlichem Rufe folgend, die Truppen seiner Vaterstadt gegen die trotzigen Schweizer geführt hatte. Pirkheimer selbst hat ihn später daran erinnert, daß ihn Emser zuerst als Kriegsmann, als Anführer von Kriegstruppen gesehen habe.[12] In Nürnberg war es, daß Emser zum ersten Male auch als Schriftsteller in die Oeffentlichkeit trat, und und zwar zunächst mit einigen Versen sich bekannt machte. Er

---

*) Vermutlich ist er während der Wartezeit, die das Jahr 1503 dem Legaten brachte, dort gewesen.

gab 1503 ein wunderliches Schriftchen heraus, über dessen Ver=
fasser „Libertus episcopus Gericensis" wir nichts zu sagen
wissen, auch keine Vermutung wagen.[13] Es ist ein theologischer
Traktat, der sich mit den seit 1501 angeblich an verschiedenen
Orten vom Himmel gefallenen Kreuzen beschäftigt. Von den
Niederlanden her war die wunderbare, die Gemüter erregende
Kunde gekommen, daß Christi Kreuz und die Marterwerkzeuge an
den Kleidern der Gläubigen sichtbar geworden seien; in kurzer
Zeit verbreiteten sich diese Wunderzeichen über ganz Deutschland und
über die deutschen Grenzen hinaus, vom abergläubischen Volke
meist als ein Zeichen nahender göttlicher Gerichte gedeutet. Jener
Traktat will nun den Christen ankündigen, was Gott seinem Volke
damit sagen wolle. Die Hauptsache sei, daß Gott durch diese
Kreuze die Fürsten aufrufe, nicht länger zu säumen, den Kreuz=
zug gegen die Türken, die schon Paulus „Feinde des Kreuzes
Christi" (!) genannt habe, zu unternehmen. Des weiteren sollten diese
Zeichen den jetzt fast in Vergessenheit geratenen Kreuzestod Christi
wieder in Erinnerung bringen, auch eine Bußpredigt für die sein,
die Christum aufs neue kreuzigen, indem sie entweder gleich nach
der Osterbeichte wieder zu den alten Sünden zurückkehren, oder
auch indem sie der Kirche und deren Dienern die von Gott ihnen
gewährten Rechte verkümmern. Endlich strafe Gott hiermit auch
insonderheit die Frauen um ihrer Hoffart willen, was daraus
erhelle, daß solche Kreuze viel häufiger an Frauen als an Männern
sichtbar geworden seien. Offenbar handelte Emser mit der Ver=
öffentlichung dieses nach Sprache und Inhalt ganz scholastischen
Traktates im Auftrage des Legaten, der ja den Kreuzzug gegen
die Türken bei dem Kaiser und den Fürsten Deutschlands be=
treiben sollte. Von Eigenem hatte Emser hier nur weniges hin=
zugethan: einige Verse am Eingang, von denen wir die auf dem
Titelblatt stehenden in deutscher Uebertragung mitteilen:

Wen die blut'gen Mirakel des Kreuzes in Schrecken versetzen,
   Der beweine gebeugt, was er in Sünden verlebt.
Beugt sich vor Winden das Rohr, vor der Sehne der Bogen, im Feuer
   Stahl, vor dem Blut der Demant:*) so unser Herze vor Gott.

---

*) Plinius hatte gelehrt, daß Bocksblut Diamanten sprenge, Hist.
nat. XX, 2. XXXVII, 59; auch Augustin. de civ. dei XXI, 4, 4.

Wenige Monate danach finden wir ihn in Straßburg mit einer andern größern Publikation beschäftigt. Im Auftrage des Buchdruckers Johann Prüs veranstaltete er eine Gesamtausgabe der theosophischen Schriften des Grafen Giovanni Pico della Mirandola.[14] Es war ein Abdruck der schönen in Bologna 1496 erschienenen Ausgabe seiner Werke, die ihm der Straßburger Kanonist Thomas Wolf († 1509) dazu geliehen hatte. Seine eigne Arbeit dabei bestand in der Anfertigung eines Registers sowie in einem Vorworte und einem Beigedichte, in denen er die Bedeutung des Grafen mit der üblichen Ueberschwänglichkeit pries. Alles, so sagt er, was an dunkler Weisheit in den Schriften der älteren oder neueren Hebräer, der Chaldäer, Araber, Griechen oder Lateiner verborgen gelegen, das habe dieser zusammengetragen, deutlich gemacht und mit seinem hohen Ingenium zur Verbreitung gebracht. Und den Leser redet er folgendermaßen an:

Glaube mir, Leser, wenn du des Picus Bände durchforschest,
    Wirst du beredt und gelehrt, nimmst auch an Frömmigkeit zu.
Und du wolltest noch zögern, um billiges Geld zu erwerben
    Dieses dreifache Gut? Wahrlich, du wärest ein Tropf!

Hohes Lob spendet er auch jenem Kirchenrechtslehrer Wolf, der ihm dabei behülflich gewesen war. Er preist ihn als einen „Priester der Musen" und als einen Mann, der „mit seiner ciceronianischen Beredsamkeit allen Deutschen nicht nur zur Zierde gereiche, sondern sie auch überflügle". Wir gewinnen den Eindruck, daß der Humanismus der Zeit mit seinen Idealen und Neigungen auch ihn stark ergriffen hat.

Als dieses Buch am 15. März 1504 in Straßburg die Presse verließ, befand sich Emser nicht mehr im Dienste des Legaten; fast scheint es nach einem Briefe Wimpfelings aus dem November 1503, als wenn er schon damals seine Stellung aufgegeben hatte oder aufgeben wollte, da dieser sich für ihn um Beschäftigung in Straßburg bemühte.[15] Aber auch hier blieb er nicht länger; denn im Sommersemester taucht er an der Universität Erfurt auf und beginnt als Magister der freien Künste dort Vorlesungen zu halten. Von einer derselben, vielleicht der einzigen, wissen wir etwas Näheres. Er erklärte den Studenten nach neuer, humanistischer Sitte einen modernen Lateiner, nämlich die Komödie des Johann Reuchlin „Sergius", und hatte dabei unter seinen Zuhörern — Martin Luther, der damals als Baccalaureus in der Vorbereitung auf sein Magisterexamen stand. Emser hat ihn später im Streite daran erinnert, daß er einst sein Schüler gewesen sei; er fügt hinzu, er scheine aus jener Komödie „desselben Mönches Schalkheit meisterlich gelernt zu haben".[16] Doch nur wenige Monate bleibt er in Erfurt; zu Beginn des Wintersemesters bezieht er die Leipziger Universität und erwirbt hier am 5. Januar 1505 den Grad als Baccalaureus in der theologischen Fakultät.[17] Mochte es so scheinen, als wenn er jetzt sich auf die Professur in der Theologie rüsten und dem akademischen Berufe sich widmen wollte, so gab er doch mit diesem ersten Grade in der Theologie fortan diese Absicht auf. Er hat später erklärt, der Betrieb der theologischen Wissenschaft, wie er ihn damals an den Universitäten vorgefunden, sei so schwerfällig gewesen, daß er ihm dieses Studium verleidet habe.[18] Ein anderer Lebensweg hatte sich ihm erschlossen. Herzog Georg von Sachsen berief ihn als seinen Sekretär an seinen Hof, bezahlte ihm die Kosten seiner Leipziger Promotion[19] und veranlaßte ihn, fortan seinen Wohnsitz zumeist in Dresden zu nehmen, wenn auch mannigfach sich Gelegenheit bot, für längere oder kürzere Zeit wieder in Leipzig zu leben. Die Wanderjahre waren vorüber.

II. Kapitel.

In Diensten Herzog Georgs.

In seiner neuen Stellung führte Emser sich alsbald mit mehreren Schriften ein. Der Fürstin, der Herzogin Barbara, einer polnischen Prinzessin, widmete er ein größeres deutsches Gedicht: „Eine deutsche Satire, Strafe des Ehebruchs und in was Würden und Ehren der eheliche Stand vor Zeiten gehalten, mit Erklärung viel schöner Historien".[20] Er bietet in dieser Dichtung ebenso seine biblischen Kenntnisse wie seine Bekanntschaft mit Mythologie und Geschichte der Alten auf, um an mancherlei Beispielen die Strafe des Ehebruchs, wie das Lob frommer und getreuer Eheleute zu verkündigen. Das trägt er in Knittelversen vor, unterläßt aber nicht, gelehrte Randbemerkungen beizufügen. Die Vorrede mit ihrer Widmung an die Herzogin Barbara nimmt nach Gewohnheit der Zeit den Mund voll, um sie und andere Fürstinnen des sächsischen Hauses im „Glorienschein" der Tugend und Gottesfurcht zu rühmen. Er überreicht ihr sein Büchlein als „aller frommen, treuen und liebhabenden Ehefrauen Haupt, Spiegel und Exempel" und schließt mit dem Ausrufe: „Ewiges Heil dem Hause Sachsen!"

Aber auch in den Männerkreisen führt er sich ein mit einer lateinischen Schrift in der moralisierenden und dabei antike Muster kopierenden Art des Humanismus. Es ist ein Dialog über die Sitte des Zutrinkens,[21] indem er in einem Gespräch zwischen Sophronius und Silenus den Mäßigen und den Unmäßigen, den Ernstgesinnten und den Epikuräer sich unterhalten und endlich einen „Richter" das abschließende Urteil in dieser Frage sprechen läßt. Die Moral dieses Schiedsrichters ist nicht allzu streng. Denn für Edelgesinnte, so urteilt er, giebt es nichts liebereres als einen Genossen zu finden, der mit ihnen trinkt. In solchem Beisammensein entstehen die schönsten Freundschaften und Zuneigungen; darum soll man den nicht streng verdammen, der unter Freunden — freilich nur selten — auch das Maß im Trinken überschreitet. Denn „im Wein ist Wahrheit", und bei einem guten Trunk lernen wir den Charakter der Menschen am besten erkennen. Auf diese Weise versüßen wir unser Leben, schützen es vor Trauer und Sorge und „wärmen" die Seele wieder an. Drum soll man namentlich den Alten diesen Brauch wohl gönnen. Aber freilich, die Sitte der jungen Leute, die immer gleich ganze oder halbe Becher aussaufen und sich gegenseitig zutrinken, als handle es sich beim Trinken um einen Wettkampf, und als sei Trunkenheit ein Ruhm, diese Sitte sollte gänzlich beseitigt werden, als eine unedle und den Menschen entehrende. Sie verstößt gegen Gott und die Natur, gegen Ehrbarkeit und gute Sitten. Im Vorworte, das er wohl noch im Januar 1505 in Dresden geschrieben hatte, spricht er seine Freude aus, in dieser Stadt, in die er vor kurzem als ein Fremdling gekommen und von der er nicht viel erwartet habe, so angenehm enttäuscht worden zu sein. Habe er doch Leipzig

mit seiner Fülle gelehrter Männer und seinem Vorrat gelehrter
Bücher, Leipzig, wo es immer Neuigkeiten gegeben habe, mit
Dresden vertauschen müssen, wo er gefürchtet, bäurische Leute und
Mangel an Büchern anzutreffen. Nun aber habe er schon gesehen, daß es auch hier Männer von Bildung gäbe, besonders
habe er bei dem herzoglichen Sekretär und Orator Paul Bracht-
beck eine vorzügliche Privatbibliothek und reiche Handschriften-
schätze in den Klöstern der Franziskaner und Augustiner gefunden.
Entzückt ist er von der anmutigen Lage der Stadt an der Elbe,
von Schloß und Marktplatz.

Wie sehr Emser in dieser Schrift den Ton getroffen hatte,
der in den humanistischen Kreisen wohlgefiel, das zeigt uns das
Gedicht, das der bekannte, damals in Leipzig lebende Humanist
und Poet Hermann von dem Busche dem Dialog voranstellte.
Wir geben wenigstens die Schlußverse wieder, in denen er dem
Buche nachrühmt:

> O wie glänzt es im Schmuck latein'scher Sprachkunst!
> Auch vom Oele sokrat'scher Lampe duftet's
> Und es lehrt uns die Kunst anmut'ger Rede.
> Irr' ich nicht, so entfiel dies Buch den Musen
> Am kastalischen Quell, als sie gemeinsam
> Dort einst schweiften, im Tanz sich drehend.

Eine dritte Schrift, die er noch in demselben Jahre herausgab,
führt uns in eine der wichtigsten Angelegenheiten seines Lebens
hinein, die ihm offenbar je länger je mehr Herzenssache geworden ist. Kaum hatte nämlich Emser seine neue Dienststellung
bei Herzog Georg angetreten, so wurde auch schon seine Arbeits-
kraft für einen Handel mit der Curie in Anspruch genommen,
für den sich ebenso der Herzog wie die Geistlichkeit im Meißner
Lande schon seit Jahren bemühten. Es galt, den alten Bischof
Benno von Meißen († 1106) durch den Papst unter die Heiligen der
Kirche erhoben zu sehen und damit einen eignen Meißner Landes-
und Diözesanheiligen zu bekommen.[22] Zwar hatte der geschichtliche Benno außerordentlich wenig Anspruch darauf, den Heiligen
der Kirche beigefügt zu werden. Das Wenige, was sichere geschichtliche Ueberlieferung von dem im Jahre 1066 zum Bischof
von Meißen Erhobenen berichtete, zeigte nicht nur einen unbe-

deutenden und charakterschwachen Mann, sondern auch einen, der in den Kämpfen seiner Tage zwischen Königtum und Papsttum seine Stellung je nach den politischen Verhältnissen gewechselt, weder eine sichere noch eine einflußreiche Rolle gespielt hatte. Aber sein Name knüpfte sich an die Erbauung des Meißner Domes, und immerhin wußte man aus der Geschichte über ihn einiges mehr als über die meisten andern alten Bischöfe von Meißen. So hatte sich schon seit mehr als zweihundert Jahren in frommer Ueberlieferung sein Ansehen beständig gehoben. Ge= schäftige Sage stattete sein Bild mit immer neuen Zügen aus; er fing bereits an, als Wunderthäter in Ruf zu kommen. Seit den letzten Jahren des 15. Jahrhunderts war man daher gemäß dem Verlangen der Zeit nach neuen Devotionsmitteln bemüht gewesen, ihn in Rom als einen Kirchenfürsten zu empfehlen, der der Kanonisation würdig sei. Und man hatte auch bei Alexander VI. erreicht, daß im Jahre 1499 eine Kommission, bestehend aus dem Bischof von Naumburg und den Aebten von Altzelle und Buch, eingesetzt wurde, um die Vorarbeiten und Voruntersuchungen für den Heiligsprechungsprozeß auszuführen. Als dann derselbe Papst den Kardinal Raimund Peraudi zu seinem Legaten in Deutschland ernannt hatte, hatte Herzog Georg am 3. Oktober 1501 den Papst gebeten, seinem Legaten doch auch Vollmacht zu erteilen, diese Angelegenheit weiter zu betreiben.²³ Am 1. Epiphaniassonntage 1503 war der Legat in Meißen gewesen und hatte an Bennos Grabe mit eignen Augen Wunder, die der Selige wirkte, zu sehen bekommen.²⁴ So hatte Emser schon in seiner Stellung als Sekretär des Legaten die Wünsche des Herzogs in Bezug auf Bischof Benno und den Stand der Angelegenheit kennen gelernt. Kaum ist er nun in seinen neuen Dienst beim Herzog eingetreten, so setzt er auch seine Feder für die Kanonisation Bennos in Thätigkeit. Noch im Jahre 1505 ließ er eine lateinische Dichtung ausgehen,²⁵ in der er den neuen Papst, den eben zur Regierung gekommenen Julius II., in hundert Distichen ansang, ihm das Lob Bennos verkündigte, ihn als einen treuen Anhänger Gregors VII. und als einen gut antikaiserlichen Bischof mit recht geringem geschicht= lichen Rechte pries und in kühner Fiktion dem Papste zu Gemüte führte, Benno sei ihm, dem Dichter, im Schlafe erschienen und

habe ihm offenbart, wenn Julius erst auf Petri Stuhle sitzen
werde, dann werde dieser ihn in den Kalender der Heiligen ein=
tragen. Herzog Georg setzte aber gleichzeitig eine noch bedeutendere
Feder für Benno in Bewegung, die des bekannten Johann Tritt=
heim, der am 21. Juni 1506 in einem Briefe an den Papst eine
Lebensbeschreibung Bennos, in der mit viel Phantasie spärliche
geschichtliche Ueberlieferung ausgeschmückt und aufgeputzt war,
nach Rom übersandte.[26] Damit wurde soviel erreicht, daß nun
auch Julius den Kanonisationsprozeß aufs Neue einleitete. Aber
die Sache schritt nur langsam vorwärts, für die Ungeduld der
Meißner viel zu langsam. Da beschloß der Herzog, Emser selbst
nach Rom reisen zu lassen, um an Ort und Stelle die Sache zu
fördern. So hat auch Emser etwas früher als sein Gegner
Luther — irren wir nicht, so geschah es im Winter 1506/7 —
seine Romfahrt gemacht. Auch in seinen späteren Schriften fehlt
es nicht an einigen Erinnerungen an diese Reise und ihre Ein=
drücke.[27] So erzählt er dankbar von dem nachmaligen Bischof
von Meißen Johann von Schleinitz, daß dieser ihm damals ein
freundlicher Führer und Wegweiser zu den Sehenswürdigkeiten
der Stadt gewesen und ihre Altertümer ihm erklärt habe. Er
gedenkt gelegentlich legendarischer Erzählungen, die sich an einzelne
Gebäude Roms oder an einzelne Heiligtümer knüpften; er beruft
sich später Luther gegenüber darauf, daß es in Rom doch nie so
übel gestanden, wie dieser es schildere, er habe mit eigenen Augen
dort doch auch „fromme Leut, gut Exempel und große Andacht"
gefunden. Mit großem Eifer argumentiert er später gegen die
erschreckliche neue Lehre, daß St. Petrus nie in Rom gewesen sein
solle, mit Beweismitteln, die er seinem Besuche daselbst verdankte.
Noch sind ja Petri Ketten in Rom zu sehen; beweisen nicht die
Kirche „Domine, quo vadis" und der „unaustilgliche Fußtritt
Christi vor dem Thor zu Rom in via Appia", daß Petrus dort
eine Begegnung mit dem Herrn gehabt hat? Ist nicht sein Grab
und sein heiliger Leichnam, der noch auf den heutigen Tag allda
ist, Beweises genug, daß er selbst einmal dort gewesen sein muß?
Aber freilich, für den Hauptzweck blieb seine Reise ohne den ge=
wünschten Erfolg. Man bedeutete die Benno=Verehrer, daß das
bisher gelieferte Material über sein Leben und seine Wunder nicht

ausreichend sei. So mußte denn das Fehlende ergänzt werden. Bischof und Domkapitel von Meißen beschlossen am 26. Aug. 1510, Emser zusammen mit dem Dechanten der Meißner Kirche Dr. Johann Hennig auf eine Forschungsreise auszusenden, um neues Material zu beschaffen. Ein gefährlicher Auftrag in einem wundersüchtigen und kritiklosen Zeitalter! Die Reise ging nach Goslar, da man wußte, daß Benno vor seiner Erhebung zum Bischof von Meißen Kanonikus in jener Stadt gewesen war, und nach Hildesheim wohl nur deswegen, weil diese Stadt auch Bennopolis genannt wurde. In Goslar fanden sie auf dem Petersberge eine Urkunde, die ein wenig Licht auf die Jugendgeschichte Bennos werfen konnte, im übrigen war die Reise dorthin recht unergiebig. In Hildesheim dagegen machten sie die Bekanntschaft des dortigen Benediktiners Henning Rose im Michaeliskloster, der nicht nur das lebhafteste Interesse bekundete, den neuen Heiligen auch für Hildesheim zu verwerten, sondern der auch das fehlende urkundliche Material mit eigner Erfindungsgabe aus dem Nichts hervorzurufen verstand. So wird man über diesen Mönch urteilen müssen nach dem Briefwechsel zwischen ihm und Hennig, der vor wenigen Jahren ans Licht gekommen ist.[28] Dank den Erfindungen dieses Mannes wurde die Ausbeute dieser Reise reicher als sie sein durfte, und Emser konnte heimgekehrt an das kühne Unternehmen gehen, als der Erste eine ausführliche Lebensbeschreibung Bennos zu verfassen. Sie erschien in lateinischer Sprache 1512.[29] Das Lobgedicht von 1505 wurde abermals dabei mit abgedruckt; doch sind die Worte, welche die Zuversicht aussprechen, daß Papst Julius die Kanonisation vollziehen werde, vorsichtig geändert. Dieser großen lateinischen Vita ließ er dann im Jahre 1517 eine deutsche Bearbeitung folgen, die das Leben des Heiligen kürzer behandelt, dafür aber seine Wunderthaten entsprechend vermehrt.[29a] Konnte er doch schon in der Ausgabe von 1512 sich selbst als einen der Glücklichen hinstellen, die durch Bennos Hilfe aus Krankheit Errettung gefunden hatten. Er singt ja Benno auf dem Titelblatte dieser Vita folgendermaßen an:

Benno, heiliger Vater, dies „Leben" nimm an für das Leben,
  Das ich dir schulde, denn ich größeres Opfer nicht weiß.

Denn mein irdiſches Leben verlängerteſt du auf mein Bitten,
  Als im Stiche mich ließ hilflos die ärztliche Kunſt.
Dafür ſchaffte ich dir unſterblichen Namen und Leben,
  Denn was ich von dir ſchrieb, macht nun hinfort dich bekannt.

Man hat um dieſer Biographie willen Emſer mit harten
Worten einen Fälſcher geſcholten.[30] Dies Urteil ſcheint mir, wenn
wir einerſeits den Maßſtab jener Tage gelten laſſen und andrer=
ſeits damit rechnen, daß er einem Fälſcher in die Hände gefallen
war, unbillig zu ſein. Er hat zunächſt — und das muß aner=
kannt werden — das ſeiner Zeit zugängliche Material an Chro=
niken, Annalen und Urkunden fleißig aufgeſpürt und keine Mühe
geſcheut, in das Dunkel dieſer Lebensgeſchichte durch Kombination
von urkundlichen Daten Licht zu ſchaffen. Dabei hat er freilich
phantaſievoll die überlieferte Geſchichte ausgeſchmückt und Mög=
lichkeiten nur zu gern als Wirklichkeiten ausgegeben. Er hat
ſo, wie er ſich die Zeitverhältniſſe dachte, die kirchliche Thätig=
keit ſeines Helden behaglich ausgemalt; er wird z. B. die große
Wirkſamkeit Bennos unter den heidniſchen Slaven, von der er
erzählt, bona fide als etwas Selbſtverſtändliches bei dieſem
Biſchof, den er ja als ein Idealbild betrachtete, auch ohne Quellen=
zeugnis angenommen haben. Man kann ihm große Kritikloſig=
keit, völlig unzulängliche Kenntnis der Zeitgeſchichte, ein phan=
taſiereiches Ausſchmücken, ein leichtgläubiges Nachſprechen auch
der abgeſchmackteſten umlaufenden Fabeln, aber ſchwerlich bewußte
Fälſchung nachſagen. Charakteriſtiſch für ſeine Kritikloſigkeit iſt
eine Stelle in einer ſeiner ſpäteren Schriften gegen Luther, wo
er dieſem entgegenhält, man ſolle doch billig glauben denen zu
Hildesheim, Goslar und Meißen, „die das durch ſchriftliche und
erbliche Erkundung, ſo von ihren Eltern bis auf ſie herkommen,
glaubwürdig anzeigen können“.[31] Wer ſich einbildete, ſeiner Ge=
ſchichte aus dem elſten Jahrhundert eine zuverläſſige mündliche
Ueberlieferung des ſechszehnten Jahrhunderts als glaubwürdige
Geſchichtsquelle zu Grunde legen zu können, der war allerdings
ein böſer Hiſtoriker; und daß er dann von einem einigermaßen
geſchickten Fälſcher übel angeführt werden konnte, darf uns nicht
wundern. Wenn aber der Hildesheimer Mönch mit großer Ge=
fälligkeit bald eine Genealogie Bennos beſchaffte, bald ſein Wappen

entdeckte, bald den Professchein Bennos produzierte, bald eine
Chronik der Äbte von Hildesheim lieferte, die zwar von junger
Hand geschrieben, aber Abschrift des leider verbrannten Originals
sein sollte, dann werden wir wohl auch das „kleine Büchlein",
von dem Emser erzählt, daß es erst jüngst „wunderbarlich" in
Hildesheim aufgefunden sei und dem er begierig Wunder-Erzähl=
ungen entnahm, dem findigen Geiste des Hildesheimer Mönches
zuschreiben dürfen.[32] Wenn aber in einem der aufgefundenen
Briefe grade Emser als der „criticus" bezeichnet wird,[33] so
dürfen wir annehmen, daß er an den Fälschungen nicht nur
nicht beteiligt gewesen ist, sondern auch daß der Fälscher Grund
hatte, ihn als den ehrlichen Mann zu fürchten, der mit Vorsicht
behandelt werden mußte und dem man nicht alles bieten konnte.
Aus der Widmung dieser Lebensbeschreibung an Herzog Georg
können wir deutlich erkennen, wie bei dem Verlangen, Bennos
Kanonisation in Rom zu erreichen, eine besondre Rivalität der
sächsischen Fürsten mitspielte. Denn Emser weist darauf hin,
daß ja doch Herzog Ernst, der Magdeburger Erzbischof († 1513),
jetzt für Halle so Außerordentliches gethan — er meint die 1509
erfolgte Erbauung der Kapelle an der Moritzburg, die Reliquien=
sammlung und den Beschluß, ein Kollegiatstift dabei zu gründen,
— und daß Kurfürst Friedrich seine Wittenberger Kirche — die
Schloßkirche Allerheiligen — geschmückt und mit Reliquien aus=
gestattet habe: er redet in überschwänglicher Weise von „Kirchen,
die fast über menschliches Vorstellen hinausgehen, denen diese
Fürsten nichts fehlen lassen von dem, was zu höchster Zier eines
Gotteshauses oder zur Ausstattung seiner Geistlichen begehrt
werden kann." Dahinter durfte Georg nicht zurückbleiben; sein
Meißen mit dem Grabe eines neu zu den Ehren des Altars er=
hobenen Heiligen, eines Wunderthäters und Schutzpatrons des
Herzogtums, konnte mit Halle und Wittenberg es aufnehmen, ja
mußte diese Ablaßstätten noch in Schatten stellen.

Trotz der großen Bemühungen Emsers um das Leben
Bennos und um den Nachweis, daß dieser hinreichend als Wunder=
thäter legitimiert sei, kam aber die Kanonisation auch jetzt noch
nicht zu stande. Korrespondenzen des Herzogs Georg aus den
nächsten Jahren zeigen uns, was für Geldsummen erst noch durch

Vermittelung des Fuggerschen Bankhauses nach Rom an die
Kardinäle und die Beamten der Kurie fließen mußten, bis die
erwünschte Kanonisationsbulle ausgefertigt wurde. Wir kommen
später darauf zurück.

In den Diensten eines Sekretärs am Hofe des Herzogs
Georg stand er sechs Jahre hindurch, wurde auch in dieser Zeit
wie nach Rom, so ein andres Mal nach Böhmen in Aufträgen
seines Fürsten gesandt.[34] Aber nach dieser Zeit — es war, als
er sich auf die Benno=Biographie rüstete, — stellte Georg ihn
freier: „Durch sein Wohlwollen wurde ich mit zwei Pfründen
begabt, und bin damit zu wissenschaftlicher Muße zurückgekehrt",
so berichtet er selbst.[35] Schon bei seiner Reise nach Goslar und
Hildesheim wird er von einem zeitgenössischen Chronisten als Meiß=
ner „Kanonikus" bezeichnet,[36] dazu wurde ihm der Altar U. L.
Frauen im Salve=Chor der Dresdner Kreuzkirche verliehen, womit
er zugleich „Regierer" von Erkmersdorf (Erkmannsdorf bei Rade=
berg) wurde und von dort Abgaben erhielt.[37] Er erfreute sich
damit, wenn auch nicht eines glänzenden, so doch eines behag=
lichen Auskommens. „Ich bin zufrieden mit meinem wenn auch
nur bescheidenen Einkommen."[38]

Doch blieb er auch jetzt noch in Diensten des Herzogs, aber
in freierer Form. Er wohnte nicht mehr wie anfangs als Kanzlei=
beamter im Schlosse und mußte nicht mehr je nach dem Wechsel des
Hoflagers mitziehen, sondern hatte seine eigne Wohnung in Dresden,
that wohl auch nicht mehr regelmäßigen Dienst, sondern wurde
mehr nur für besondere Aufträge und als persönlicher Berater
des Fürsten verwendet. Als später einmal Erasmus mit einem
Briefe des Herzogs Georg unzufrieden war und nun seinen Un=
mut an Emser, den er für den Verfasser hielt, ausließ, antwortete
ihm Simon Pistoris: „Du irrst völlig, ich bin viel mehr Sekretär
des Herzogs als Emser, der mit den fürstlichen Schreiben absolut
nichts zu thun hat." Uebrigens pflege Georg nicht nur im all=
gemeinen den Inhalt seiner Briefe zu bestimmen, sondern mache
eigenhändig die Konzepte.[38a]

Als er 1505 in Leipzig dem weiteren Studium der Theo=
logie entsagt hatte, war sein Entschluß gewesen, hinfort sich dem
Rechtsstudium zuzuwenden. „Da ich aber entschlossen war, als

Privatmann zu leben, weder praktischer Jurist noch juristischer Docent zu werden, schritt ich im kanonischen Recht nur so weit vor, als es mir nötig erschien (— er brachte es noch in Leipzig bis zum Licentiaten des kanonischen Rechtes —). In Zwischen= stunden, die ich dem Gebet und Gottesdienst stehlen mußte, ging ich meinen Neigungen nach, um mich bald an theologischer Litte= ratur, bald an den Schriften der alten Klassiker zu ergötzen. Ob mit oder ohne Erfolg, das mögen andre entscheiden. Gedenke ich selbst meiner damaligen älteren Zeitgenossen, so meine ich einige Fortschritte gemacht zu haben; im Blick dagegen auf die Gegen= wart — er schreibt diese Worte 1519 nieder —, in der jetzt alle gelehrte Bildung wie aus reichem Füllhorn sich schöpfen läßt und auch rechte Studienanleitung, die mir immer gefehlt hat, zu haben ist, beklage ich selber mein ungünstiges Loos und komme mir wie ein vom Glück Vernachlässigter vor."[39]

Dies offene Urteil, das er über seine Studien hier gefällt hat, hebt treffend hervor, was er hatte und was ihm fehlte. Er hatte fleißig gelernt, die mannigfachen Bildungselemente seiner Zeit hatten auf ihn gewirkt; er hat die lateinischen Klassiker gelesen und auch einige griechische Kenntnisse erworben; er hat seinen latei= nischen Vers schreiben gelernt, und fehlt es auch nicht an Quan= titätsfehlern, so stehen doch seine Verse hinter dem, was der Durch= schnitt der Humanisten leistete, nicht zurück. Erasmus lobt an ihnen „Durchsichtigkeit" und „Glanz in Verbindung mit Kraft", wenn er sich auch inbezug auf die Quantität manche Freiheit er= laube.[40] Er hat aus Anlaß seiner Benno=Studien sich in den mittelalterlichen Geschichtsquellen und in den Schriften der Histo= riker seiner Tage mehr umgesehen, als es gewöhnlich bei den Theologen der Fall war. Er hat natürlich auch die scholastische Bildung genossen, wie sie ihm die Universitäten boten, aber mit sichtlichem Eifer nach den neuen Kirchenväter=Ausgaben gegriffen, die der Fleiß der Humanisten damals veröffentlichte. Er nennt einmal mit besonderem Danke „für ihre getreue Mühe und Arbeit" Reuchlins Ausgabe des Athanasius, die Hieronymus=Ausgabe des Erasmus, den Dionysius Areopagita des Faber Stapulensis.[41] Aber seinen Studien mangelt Methode und Kritik; gelehrter Kram, auch wenn er noch so unmethodisch und phantastisch auf=

tritt, imponiert ihm und ohne Urteil spendet er seinen Beifall. Das zeigen in auffälliger Weise zwei Werke, deren eines er neu herausgiebt, während er dem andern sein Ruhmeswort mit auf den Weg giebt. Da hatte ein italienischer Cisterzienser, der Abt des Klosters Cornu, Bonifacius Simoneta in Mailand 1492 ein Buch „über die Verfolgungen des christlichen Glaubens und der römischen Päpste" herausgegeben, in dem der Mönch, um seine Belesenheit auszukramen, seinen geschichtlichen Bericht mit zahl= reichen „Briefen" durchsetzt, in denen er bald entlegene Geschicht= chen aus griechischen oder lateinischen Schriftstellern, bald Ana= tomisches und Medizinisches, bald allerlei aus Geographie und Ethnographie, natürlicher Magie, Astronomie, Chiromantie und Physiognomik hervorholt — ein buntes Durcheinander eines Schriftstellers, dem es eben nur darum zu thun ist, seine Viel= wisserei spielen zu lassen. Emser fertigt eine neue Ausgabe dieses verdrehten Buches an, arbeitet ein doppeltes Register dazu aus und preist dieses Zeug als ein Werk „bunter und weit umher= schweifender Gelehrsamkeit." „Die Vorzüglichkeit dieses Buches ist so groß, daß jeder einigermaßen Verständige sie alsbald bemerken muß." Uns kann an dieser Edition nur eins gefallen: das hübsche Begleitgedicht Emsers auf das meißnische Cisterzienser= kloster Alten Zelle und seinen würdigen Abt Martin v. Lochau, dem er seine Ausgabe widmet:

Reichen Ertrag giebt der Boden, der Fluß an Fischen die Fülle,
  Reichlich bewässert stehn Gärten und Bäume in Pracht.
Wild hegt drüben der Wald, nicht fehlts an schlagbaren Eichen,
  Bacchus bietet sein Gut, Ceres auch eifert ihm nach.
Sehet das Gotteshaus an, in schlichter Würde errichtet:
  Niemand achtet's gering, keinem auch regt es den Neid;
Würdig bewahrt es das Maß, nicht prunkt es wie Häuser der Fürsten,
  Nicht zu einfach erscheint's: wahrlich, ein ehrwürdig Haus!
Nichts ist Häßliches hier; durchaus gleicht Zelle der Schönheit,
  Die uns der Brüder Convent weiset in Eintracht und Zucht;
Denn die siehst du beständig beschäftigt mit geistlichen Dingen,
  Ueben der Hymnen Gesang, sprechen gemeinsam Gebet.
Nirgends stehn wohl die Künste Athens in höheren Ehren,
  Herrlicher Bücher Besitz zeigt dir die Bibliothek.
Martin aber, der würdige Abt, auf jedem Gebiete
  Schuf er Neues und gab Altem den höheren Schwung.

Denn wie er allen den Andern an Amt und Würden voransteht,
So auch an Sorgfalt und Geist schreitet er allen voran.[41]

Als einen ähnlichen Mißgriff müssen wir es betrachten, daß
er einem Geschichtswerke von zweifelhaftestem Werte als Lobred=
ner diente. Der Arzt, später Bürgermeister von Zwickau, Eras=
mus Stella († 1521), suchte in einem dem Hochmeister des deut=
schen Ordens, Herzog Friedrich von Sachsen, gewidmetem Buche
„von den Altertümern Preußens" den Nachweis zu führen, daß
das Ordensland bereits ursprünglich von Deutschen bewohnt ge=
wesen sei. Emser widmete ihm in Staunen über diese Leistung
folgendes Beigedicht:

Mein Erasmus, du konntest nicht passender'n Namen dir wählen,
Nicht zutreffender'n auch, als der dir eigen: „der Stern".

Denn wie im Dunkel der Nacht von dem Gefunkel der Sterne
Leuchtend von Pol zu Pol rings sich der Himmel erhellt:

So bringt Licht dein klarer Bericht in Preußens Geschichte,
Die wir in dunklem Verließ lange verschlossen gesehn.[43]

Wie würde Emser staunen, wenn er läse, was die Historiker
von heute über die „Fiktionen und Fälschungen" des zwar be=
lesenen, aber auch erfindungsreichen und schwindelnden Stella
urteilen![44] — Diese ganze Zeit seines Lebens — bis zur Leip=
ziger Disputation, die ihn auf den Kampfplatz rief und fortan
eine große Lebensaufgabe, den Kampf gegen die Reformation,
ihm stellte — erscheint als eine Zeit behaglicher Muße; ein echtes
Humanistenleben im Genuß neuer litterarischer Erscheinungen, in
Pflege freundschaftlicher Beziehungen in der Nähe und Ferne,
die durch Briefwechsel und durch Gefälligkeits= und Bewunderungs=
poesie auf Gegenseitigkeit warm gehalten werden. In dieser ganzen
Zeit hat er außer seiner Benno=Biographie nichts Bedeutenderes
publiziert. Er sagt uns selbst von dieser Zeit der wissenschaft=
lichen Muße: „Doch bin ich nicht in träger Muße eingetrocknet,
habe ich doch seitdem wenigstens die Geschichte des hlg. Benno
aus 400jährigem Dunkel ans Licht gezogen. Mein übriges Leben
war so eingerichtet, daß es dem Fürsten, den gnädigsten Bischöfen,
Prälaten, Edelleuten und den Angesehensten der Bürgerschaft er=
träglich, ja wohl löblich erschien. Das bezeugen ihre häufigen
Briefe an mich, und ich habe sie mir auch durch allerlei Dienst=

leiſtungen zu verpflichten geſucht. Mein Haus war immer nur den Beſten geöffnet, und viele Edle geruhten, bei mir einzukehren. Gleicher Weiſe bin ich ſelbſt, wenn ich einmal auf Reiſen ging, nur der Edelſten Gaſt geweſen."[45]

Freilich begegnet uns in mehreren Schriften dieſer Jahre ſein Name; aber entweder iſt er nur Herausgeber oder nur Ueber=ſetzer, oder er liefert auch nur Freunden einige Begleitverſe für ihre Schriften. So iſt er nur Herausgeber einer Schrift, deren Titel man im Verzeichnis der Schriften Emſers mit Ver=wunderung lieſt. 1507 veröffentlichte er nämlich einen Traktat „über Bereitung und Aufbewahrung von Wein, Bier und Eſſig." Was hatte der Theologe damit zu thun? Unſere Verwunderung ſchwindet, wenn wir ſein Vorwort (vom 16. März 1507) leſen. Auf ſeiner Romfahrt war ihm in der ewigen Stadt ein Traktat über dieſe Künſte ohne Verfaſſerangabe in die Hände gefallen. Da meinte er, hiermit könne er ſeinen Meißnern einen will=kommenen Dienſt leiſten, „denn die Weine, die in Meißen wachſen, wie ſie als Moſt am beſten ſind und den ausländiſchen, ſogar nach vieler Meinung dem Rheinwein, weit vorzuziehen ſind, ſo ſchlagen ſie doch zur Sommerszeit, wo nicht beſondere Fürſorge geſchieht, leicht um oder ändern die Farbe, wogegen hier mancherlei Lehre und zuverläſſige Rezepte zu finden ſind." Und da er auf der Heimreiſe von Rom in Brixen einige Zeit bei dem Domherren und Offizial Ulrich von Reckenbach ſehr gaſtfreundliche Aufnahme gefunden hatte, ſo benutzte er jetzt die Gelegenheit, dieſem Herrn, bei dem er ja auch große Kellereien gefunden, durch die Widmung dieſer nützlichen Schrift ſeinen Dank abzuſtatten.[46] So wurde er ferner Herausgeber der berühmteſten, ſeine religiöſe Stellung zum klaſſiſchen Ausdruck bringenden — zuerſt 1502 erſchienenen — Schrift des Erasmus, des „Handbüchleins vom chriſtlichen Streiter, in dem er den Volksaberglauben kritiſiert, und die Verehrer der alten (klaſſiſchen) Eloquenz zur Reinheit der altkirchlichen Religion einladet."[47] Offenbar ſpürte auch Emſer das Bedürfnis, ſich dem niederländiſchen Haupt der Humaniſten und Freunde einer die Scholaſtik, den Volksaberglauben und die Verdummung aus=treibenden kirchlichen Reform zu nähern, ſeinem beſtändig wachſen=den Verehrerkreiſe ſich anzuſchließen. Erasmus war Huldigungen gewöhnt. Hier bot sich eine feine, verbindliche und geschmackvolle Art, indem man seine Schrift mit den entsprechenden Lobes= erhebungen herausgab. Emser, dem Register zu Büchern Anderer anzufertigen eine besondere Liebhaberei sein mußte, stattete seine Ausgabe mit neuem Index und Randerläuterungen aus und ließ sie mit Widmung an den Prager und Meißner Propst Ernst von Schleiniß (31. August 1515) erscheinen. Das Handbüchlein des Erasmus heißt hier ein „schlechterdings vollkommenes" Werk, „denn es faßt das Wesen des ganzen Christentumes so trefflich zusammen, daß hier alles, was die einzelnen Männer der Antike und die Kirchenschriftsteller in einem unermeßlichen Ozean von Bänden, hier und da verstreut, Gutes darüber gesagt haben, in kurzem Lehrbegriff und wie in ein Bündlein zusammengefaßt ist. Der christliche Streiter erhält hier Anweisung, mit welcher Kunst und welchen Waffen er den Feind von nahem und von weitem bekämpfen soll; es werden ihm hier einige neue Kriegs= künste gelehrt und er findet die ganze Kriegswissenschaft hier wie in einem Gemälde abgebildet, und zwar nach der Kunst, wie sie der seinen Bevollmächtigten hinterließ, der gesprochen hat: Seid tapfer im Streit und kämpfet mit der alten Schlange, so werdet ihr empfangen das ewige Reich."⁴⁸ Ganz hübsch singt er auch von diesem Buche:

Mancher hat Freud' und Genuß an geistlichen, himmlischen Dingen,
   Doch mißfällt ihm dies Buch, weil er den Musen nicht hold.
Mancher hat vieles studiert und reiches Wissen gesammelt,
   Doch mißfällt ihm dies Buch, weil er nicht Frömmigkeit liebt.
Aber mein Gönner, da du nicht minder fromm wie gelehrt bist,
   Drum schmeckt sicherlich dir köstlich wie Honig dies Buch.⁴⁹

Und Erasmus ließ sich solches Lob wohlgefallen, und fortan stehen beide in freundlichem Briefwechsel. Wußte doch auch der weltkluge Mann den Wert zu schätzen, den es für ihn hatte, mit den Be= ratern der Fürsten Freundlichkeiten auszutauschen. Schmeichelnd redet Emser ihn an als „auserwähltes Rüstzeug"; er verdiene nächst Paulus den Titel „Lehrer der Völker". Wiederholt ladet er ihn nach Sachsen ein und erbietet sich, reichen klingenden Dank ihm dafür bei Herzog Georg verschaffen zu wollen.

Als Uebersetzer begegnen wir Emser 1517, indem er des

Baptista Mantuanus, des gefeierten zeitgenössischen Dichters, Verse „wider die Anfechtung des Todes" in deutsche Reime übertrug,[50] und wieder, als er im Jahre darauf eine Rede Jakob Sadoletos, die dieser vor Papst, Cardinälen und den Botschaftern der Fürsten vom Türkenzug und Frieden in der Christenheit am Sonntag Lätare gehalten hatte, in deutscher Uebersetzung herausgab.[51] Auch aus späterer Zeit sind hier zu nennen eine Uebersetzung aus Plutarch „wie sich einer seinen Feind zu nutz machen kann" (1519, 7. Dez.)[52] und eine Uebersetzung aus Xenophon, „von der Haushaltung, wie sich zwei junge Eheleute in die Nahrung schicken, und sich mit einander begehen sollen, daß sie ihr Gut mehren und ihr Haus weislich und wohl regieren mögen" (27. Juni 1525).[53] Ebenso unterhielt Emser dadurch die freundlichen Beziehungen zu Erasmus, daß er kleinere erbauliche Schriften von ihm ins Deutsche übertrug und herausgab, wobei er in devoter Schmeichelei sich ihm als den Raben dem Schwan, als die Gans dem Singvogel gegenüberstellte und seinem Lehrer zurief:

Dies ist fürs Volk; die Gebildeten lesen ihn selbst, den Erasmus![53a]

Aber auch in Schriften Anderer begegnen wir ihm in jenen Jahren. Kaum ist er nach Leipzig 1504 gekommen, so steuert er dem Poeten Hermann von dem Busche zu dessen Dichtung Lipsica 10 Distichen als Freundesgabe (als Reisegeleit „Hodoeporicon") bei;[54] und im Jahre darauf wieder demselben ein Distichon zu einer anderen Gelegenheitsschrift.[55] Dieser revanchierte sich, wie wir uns erinnern, durch seine Begleitverse zu Emsers „Dialog vom Zutrinken" (oben S. 10). Ebenso liefert er 1508 dem Leipziger Humanisten Joh. Rhagius Aesticampianus zu dessen Veröffentlichung von Briefen des hl. Hieronymus 3 Beigedichte: auf den Heiligen, dessen Namen er selber trug, auf Leipzig und auf Rhagius selbst.[56] Distichen auf den 784 verstorbenen Salzburger Bischof Virgilius schreibt er für ein Buch des Leipziger Theologen Virgilius Wellendorffer, der aus Salzburg stammte.[56a] Aber auch dem Leipziger Theologen Hieronymus Dungersheim von Ochsenfurt giebt er in 3 Distichen 1514 zu einer theologischen Streitschrift seinen Beitrag.[57] Manche solcher kleinen Gelegenheitsgedichte mögen noch unentdeckt in den Schriften jener Tage und Kreise verborgen sein.

Nur einer einzigen selbſtändigen ſchriftſtelleriſchen Leiſtung Emſers aus jenen Jahren iſt hier noch zu gedenken. Er verfaßte für den 17jährigen Prinzen Johann, den Sohn Georgs, eine lateiniſche Briefſammlung in der Form von 100 zwiſchen dieſem und ſeinem Contubernium literarium, ſeinen Jugendgenoſſen, gewechſelten kurzen Billeten, in denen ſie in elegantem Sprach= ausdruck ſich über das einem vornehmen jungen Mann geziemende Leben, über Gottesfurcht und Verehrung der Eltern, über geſunde Pflege des Körpers, Mäßigkeit im Eſſen und Trinken, Arbeit und Erholung im Spiel, Jagd und Waffenübung, anſtändige Unter= haltung, über die Laſter der Schwaßhaftigkeit, des Fluchens und der Lüge, der Schmeichelei und Prahlerei, unpaſſender Späße, über Zank, Neid, Hochmut, Verſchwendung, Geiz u. dergl. ſententiös und moraliſierend unterhalten.⁵⁸ Dieſes Buch, das dem Geſchmack der Zeit entſprach, Stilübung mit guter Lehre zu verbinden, hat großes Glück gehabt: die zahlreichen Auflagen beweiſen, daß es vielfach als nützliches Schulbuch verwendet worden iſt. Zugleich erſehen wir aus ihm Emſers freundliche Beziehungen zu dem Bologneſer Humaniſten Philipp Beroaldus, der den jungen Ernſt v. Schleiniß (ſ. oben S. 23) einſt bei ſich zur Erziehung gehabt hatte, dem er hier auch einen Nachruf in Verſen widmet.

Die Zeitgenoſſen geizten nicht mit ihrem Lobe, troß der be= ſcheidenen litterariſchen Verdienſte Emſers. Schon 1506 zählt ihn Jakob Wimpfeling unter den gelehrten Schwaben als orator atque poeta auf.⁵⁹ Ulrich von Hutten ſingt 1510 in ziemlich ſtarker Uebertreibung:

> Wichtige Bücher verfaßte ſchon oft der würdige Emſer,
> Und er bereitet auch jeßt wieder ein neues uns vor.⁶⁰

Der Benediktinerprior in Kloſter Laach, Bußbach, der zwiſchen 1508 und 1513 ſein Auctarium niederſchrieb und der von ihm vielleicht nur die Ausgabe der Werke Picos geſehen hatte, rühmt gar: „ein Mann voll Eifers im Studium theologiſcher Schriften und in weltlicher Litteratur wohl bewandert, hell an Geiſt, gewandt und anmutig im Ausdruck, ein ſonderlicher Liebhaber guter und vieler Bücher, geübt in gebundener und ungebundener Rede".⁶¹ Die Zahl ſeiner Freunde iſt beträchtlich; außer den Männern, von denen ſchon die Rede war, ſeien hier noch Georg Spalatin,⁶² der

Augsburger Domherr Adelmann,[63] der nachmalige Zwickauer
Prediger Nic. Hausmann[64] genannt.

Aber, so müssen wir fragen, wie steht es bei diesem huma=
nistischen Priester, diesem Moralisten und Freunde einer Eras=
mischen Reformtheologie, und zugleich abergläubischen Benno=
Verehrer, mit dem eignen Lebenswandel? Mir ist kein
Beispiel aus jenen Tagen sonst bekannt, daß Jemand mit gleicher
Offenheit darüber Bekenntnisse abgelegt hätte, wie Emser. Im
Streit gegen Luther bekennt er: „ich weiß mich meiner Keuschheit
gar nicht zu rühmen, und bekenne mich für einen armen Sünder"
— aber er tröstet sich: „wer ohne Sünden ist, der werfe den
ersten Stein auf mich".[65] Ein ander Mal: „Als Mensch weiß
ich nichts Menschliches von mir fern. So gestehe ich offen, daß
ich, sei es weil ich einst verderbt wurde durch Umgang mit
Schlechten, sei es aus angeborenem schlechten Trieb, bisweilen
allzu geneigt zu manchen Fehltritten gewesen bin, doch immer
nur zu solchen, die Menschlichkeiten sind. Durch Gottes Gnade
hat aber zu großem Teile, was jugendliche Sinnlichkeit war, ent=
weder das zunehmende Alter oder religiöse Lektüre bei mir kor=
rigiert, so daß ich ganz aufrichtig mit Paulus sprechen kann: Wo
die Sünde reichlich gewesen, da ist die Gnade noch reichlicher
geworden".[66] „Möchte doch — das ist sein Wunsch — gemäß
den alten Kanones kein Priester vor dem 30. Lebensjahr die
Weihe erhalten — er selbst war als 24= oder 25jähriger geweiht
worden —, damit er mit vollem Bewußtsein darüber beschließen
könnte, ob er enthaltsam zu leben im Stande sei oder nicht!
Möchten wir doch nicht mitten auf dem schlüpfrigen Boden der
Jünglingszeit zum Altardienst berufen werden! Denn wie ist es
möglich, daß Jemand so schnell seine Gewöhnungen ablegen soll?
Das ist der Grund, warum ich schon selber seit langer Zeit etliche
zugleich gelehrte und sittsame Priester gesucht habe, um mit ihnen
gemeinsames und apostolisches Leben zu führen, wo, fern von
Weibern, bei gemeinsamem Tisch, heiligen Lesungen und Gebeten,
alles vor den Augen der Andern geschähe und die Gegenwart
der Brüder die Freiheit zu sündigen entzöge und gegenseitiger
Zuspruch die Widerstandskraft mehrte. Aber so oft ich einen
Mann gleichen Vorsatzes finde, raubt ihn mir der Tod, oder eine

dazwischentretende Gelegenheit zu einer fetteren Stelle macht ihn
mir abwendig, und ich selbst fange dann auch wieder an abzu=
fallen".⁶⁷ Das schreibt der 41jährige Mann; zu welchen Rück=
schlüssen auf sein Studentenleben und nicht nur auf die früheren
Jahre seines Lebens als Priester, sondern noch auf die Gegenwart,
in der er dies schrieb, nötigen sie uns! Und was er selbst so
offenherzig gestand, das muß auch in Leipzig und anderswo be=
kannt gewesen sein. Ein Pasquill von Leipziger Studenten vom
1. Januar 1521 bezeichnete ihn kurz und bündig als einen Priester
von liederlichem Lebenswandel (sacerdos libidinosissimus),⁶⁸
Zwingli weiß von seinem unordentlichen Wandel noch von Basel
her (vgl. oben S. 2); und auch Luther hält ihm, dem argen
Feinde der ketzerischen Böhmen, entgegen, daß er doch sicher bei
einem hübschen böhmischen Weibe sich auch über ihre Ketzerei
hinwegsetzen und an ihr sein Gefallen finden werde. Und Emser
antwortet: besser sei es doch, daß einem Priester ein Weib gefalle,
als daß er auf Kirchentrennung ausgehe.⁶⁹ Mit gleicher Offenheit
bekennt er sich als einer von denen, „die nicht gern fasten" und
urteilt, Pauli Wort von denen, die anderen predigen und selbst
nichts Gutes thun, treffe leider jetzt „bei uns Priestern" zu, so=
daß das Volk mit Grund spreche, man wolle gern „der Pfaffen
Collation, die sie des Abends halten", als Mahlzeit annehmen.⁷⁰
Und daß man sich bei Collationen in Emsers Haus auch nach
böser Sitte der Zeit an Unterhaltungen ergötzt haben wird, die
dem Priester wie dem Christen gleich übel anstanden, dafür hat
er uns ein sehr charakteristisches Zeugnis hinterlassen. Sein alter
Universitätsfreund Heinrich Bebel schrieb sein unsauberes, aber viel
geltenes Buch Facetiae, jene Sammlung von „Schwänken", die
sich nur zu oft ins Lüsterne und in die Zote verirren: da sendet
ihm Emser am 5. Juni 1508 von Leipzig aus einen Beitrag,
der zu den bösen, auf lüsterne Phantasie berechneten Stücken des
Buches gehören. Ihn hier wiederzugeben, oder seinen Inhalt auch
nur anzudeuten, ist unmöglich. Aber welche unglaubliche Naivität,
daß Bebel diesen frivolen Beitrag offenkundig unter namentlicher
Aufführung des Einsenders und mit gewissenhafter Angabe des
Briefdatums seinen Lesern vorsetzen konnte!⁷¹ Janssen hat seinem
hellen Zorn über dieses Facetienbuch beredten Ausdruck gegeben;

er bahnt sich mit diesem Buch und andern bösen Erzeugnissen
der Humanisten den Weg zum Verständnis des Auftretens Luthers;
den Anteil des Priesters und Benno-Verehrers Emser an diesem
„schlüpferigen“ Buch hat er dabei vergessen.[72]

Auf welcher Seite im kirchlichen Kampfe der nächsten Jahre
werden wir Emser antreffen? Wird ihn die „reinere Religion“
des Erasmus, für die er sich begeistert, an Luthers Seite führen?
wird sich der Humanismus und seine Abneigung gegen die
Scholastik als Vorfrucht reformatorischer Gesinnungen erweisen?
oder wird die Seligkeitsfrage, die Luther aufwirft, ihn unberührt
lassen und dafür die Kirche und das Herkommen, das Greifbare
der bestehenden Institutionen ihn festhalten und zum Verteidiger
Roms machen? Das folgende Kapitel zeigt es uns.

III. Kapitel.

Der Kampf mit Luther (bis 1521).

Bereits wenige Monate, nachdem Luther seine Thesen angeschlagen und damit den Kampf von weltgeschichtlicher Bedeutung
eröffnet hatte, bot sich Emser die Gelegenheit, mit ihm in Be-
rührung zu kommen. Denn dieser war am 25. Juli 1518 in Ordens-
angelegenheiten nach Dresden gekommen. Da hatte Emser ihn
sowie den Distriktsvikar der sächsischen Augustinerprovinz, Johann
Lang, nebst dem Dresdner Augustinerprior Melchior Mirisch
dringend auf den Abend zu einem Trunk in sein Haus eingeladen.
Einer der Gäste, der Leipziger Magister Weißestadt, hatte hier
bald das Beisammensein sehr ungemütlich gemacht, indem er Streit
über die Ablässe angefangen hatte. Er war immer heftiger geworden und hatte Luther mit lautem Geschrei angefahren. Dieser
hatte später erfahren, daß ein Predigermönch währenddessen an
der Thür gestanden, sie behorcht hatte und so aufgeregt geworden
war, daß er, als er Luther gegen die Autorität seines berühmten
Ordensheiligen, des Thomas von Aquino, hatte auftreten hören,
hereinstürzen wollte, um mit Wort und That diese Beschimpfung
zu rächen. Hierbei fiel wohl auch das Wort, das Emser als
„ein Jahr vor der Disputation“ gesprochen später ihm vorgerückt

hat: er frage nichts nach des Papstes Bann, er habe bereits bei sich beschlossen, darin zu sterben. Mit großer Verstimmung dachte Luther an dieses Beisammensein zurück, zumal ihm der Verdacht aufstieg, Emser habe mit hinterlistigen Gedanken ihn in sein Haus gerufen und jenen Leipziger Magister auf ihn gehetzt. Emser dagegen berichtet später, daß er bei dieser Gelegenheit gleichwie noch später zweimal Luther brüderlich gewarnt und um Gottes Willen gebeten habe, dem armen Volke durch sein Vorgehen kein Aergernis zu geben. Jedenfalls muß aber Emser selbst von jenem Abende her die Empfindung behalten haben, daß er gegen Luther etwas gut zu machen habe. Denn als sie sich im Januar 1519 wieder in Leipzig begegneten, entschuldigte er sich noch einmal in sehr entschiedener Weise und beteuerte Luther gegenüber, er habe damals in Dresden nichts übles gegen ihn im Schilde geführt. Auch Emser gedenkt dieser zweiten Begegnung, erzählt aber nur von einer zweiten Warnung, die er ihm damals erteilt habe. Er habe ihn gebeten, seinen Eifer mit weiser Mäßigung zu verbinden, er möge die Einfältigen vor Aergernis bewahren und an dem nicht zu leugnenden abergläubischen Wesen nur so Kritik üben, daß er nicht zugleich die Religion vernichte und den Deutschen ihren Gott nehme. Jedenfalls war also Emser schon jetzt mit Luthers Auftreten nicht einverstanden, so sehr er auch selber die Gebrechen der Kirche und ihre Reformbedürftigkeit anerkannte.[73] Wenn er später einmal ausdrücklich anerkannt hat, daß Luther bei seinem ersten Auftreten allgemeinen Beifall gefunden, daß aller Augen sich auf ihn gerichtet, aller Ohren seiner Stimme ge= lauscht hätten, da sie von ihm Abstellung der kirchlichen Miß= bräuche und Reform des Lebens der Prälaten erwartet hätten, so hat bei ihm selbst jedenfalls eine solche freundliche Stimmung nicht lange bestanden.[73a] Daß beim Ablaß ärgerliche Mißbräuche geschahen, war ihm unzweifelhaft, aber er meinte, das sei „nicht des Papstes, sondern der geizigen Kommissarien, Mönche und Pfaffen Schuld, die so unverschämt davon gepredigt und allein von ihres Eigennutzes wegen, damit sie des Sacks auch einen Zipfel kriegten, die Sache allzu grob gemacht und mehr aufs Geld denn auf Beichte, Reue und Leid gesetzet“.[74] Nun kam die Leipziger Disputation, der Emser in der Begleitung seines Fürsten, des Herzogs Georg, auch beiwohnte. Mehrfache Erinnerungen an diese denkwürdigen Tage finden sich in seinen Schriften. Als ein bedeutsames Omen erschien es ihm, daß Carlstadt bei der Ankunft in Leipzig, als er vom Wagen sprang, ausgeglitten und in den Straßenkot gefallen war. Er rückte es ihm später vor, daß er nicht gleich den andern frei disputiert, sondern „aus Zetteln" abgelesen habe. Er hat den Eindruck gewonnen, daß Carlstadt einen „viel gröberen Kopf" habe als Luther.[75] Aber sein Interesse haftete nicht an Carlstadt, sondern an Luther. Emser fühlte sich ihm gegenüber als zur Partei Ecks gehörig. Er begab sich am 25. Juni zu Magister Fröschel und zu andern jungen Leipziger Magistern und forderte sie im Namen des Rektors und der Universität auf, daß sie am nächsten Tage, dem Sonntag, an welchem auf dem Schlosse die Parteien vor einer vom Herzog eingesetzten Kommission über die Bedingungen des Redekampfes sich verständigen sollten, „bei dem Dr. Eck stehen und mit ihm auf das Schloß gehen wollten", zeigte sich also dafür thätig, daß Luthers Gegner möglichst ehrenvoll aufgenommen wurde.[75a] Es ist bekannt, in welche Erregung Herzog Georg geriet auf jenem Höhepunkt der Disputation, als es Eck gelungen war, Luther zu der Erklärung zu drängen, daß nicht alle Artikel des Hus, die das Costnitzer Konzil verdammt hatte, unchristlich gewesen seien. Auch Emser empfand hierin ebenso wie sein Herr, und seit dem Tage von Leipzig hat es ihm festgestanden, daß Luther ein Anhänger und Genosse der ketzerischen Böhmen sei, ein Mensch, der das Gift seiner Lehre aus Hus gesogen habe. Als Luther ihm später vorhält, er habe in Leipzig wohl gesehen, von welcher Zornesglut Emser erfüllt gewesen sei, antwortet dieser: „Das ist richtig; denn wer sollte nicht entbrennen, wenn du so unverschämt öffentlich erklärtest, etliche Artikel des Johann Hus, sogar solche, die das Konzil verdammt habe, seien gut evangelisch und ganz christlich gewesen!"[76] In den Tagen der Disputation kam es zwischen beiden in der Kanzlei des Schlosses zu einem Zwiegespräch. Emser giebt an, hier zum dritten Male seinen Gegner brüderlich verwarnt zu haben; da habe ihm Luther zur Antwort gegeben: „Da schlag der Teufel zu, die Sache ist um Gottes Willen nit angefangen, soll auch um Gottes Willen nit aufhören".[77]

Und er hat sich hinfort nicht ausreden lassen, damit habe ja Luther selber eingestanden, aus unlauteren Motiven seinen Kampf begonnen zu haben. Vergeblich hat Luther ihm darauf entgegengehalten, er habe nicht in trotzigem Pochen, sondern „mit kläglichen Worten und betrübtem Gemüt" in Bezug auf seines Gegners, Eck, Betreiben der Disputation erklärt, daß dieser die ganze Sache nicht in Gottes Namen angefangen habe, daher auch die Sache keinen guten Ausgang nehmen werde.[78] Emser ist dabei geblieben, daß jener mit seiner Erklärung über sich selbst das Urteil gesprochen habe.[79] Nach Dresden zurückgekehrt griff Emser zur Feder und richtete am 13. August 1519 an den Verweser des Prager Erzbistums, den Propst zu Leitmeritz, Johann Zack, ein Schreiben, das er sofort in Druck gab,[60] in dem er formell zwar Luther gegen das Rühmen der Hussiten in Böhmen, als sei jetzt der Wittenberger Doktor ihr Patron geworden, in Schutz nahm und dem Gerücht, daß sie jetzt in öffentlichem Gottesdienst für ihn beteten, sein Bedauern entgegenstellte, falls der „arme" Luther wirklich auf die Fürbitte dieser Menschen sein Vertrauen setzen wollte; aber er stellte ihn dabei mindestens als einen in arge Widersprüche verwickelten und unruhigen Kopf dar, der freilich wohl noch nicht so obstinat sei, daß er Vernunftgründen nicht weichen sollte. Emser hatte wohl nicht die Absicht, mit Luther selbst anzubinden; er wollte dem Rühmen der verhaßten Böhmen entgegentreten, ihnen die Einmischung in Luthers Handel mit Eck verwehren. In einem am Ende beigefügten Gedicht sucht er die Rolle des Unparteiischen zwischen beiden Streitern zu bewahren.

Christus mahnt zum Frieden und lehrt ihn wahren;
Was soll jetzt dies Schulengezänk? und wollt ihr
Uns so ganz des Altertums heil'ge Stimme
    Treiben vom Platze?

Noch ist nicht das Fazit gezogen, doch schon
Urteilt blind der Pöbel; der Weise wartet,
Prüft mit Ernst, und ziemende Ehre zollt er
    Beiden Parteien.

Laßt das Geifern; laßt aus dem Spiele bleiben
Possenwerk im Streite; nicht biss'ge Schriften
Gebt uns; denn solch Eifer erstickt der Brüder
    Liebe und Gottes.

Aber nun wechseln doch in seltsam schillernder Weise Ent=
schuldigungen Luthers, ja Verteidigung seiner Rechtgläubigkeit mit
dem Ton des Bedauerns und versteckten Angriffen, während Eck
als der „tapfere" Streiter von Leipzig sein Lob erhält. Dieser
Ton, dieser schillernde Charakter des Briefes in Verbindung mit
jenen früheren Erfahrungen, die er mit Emser gemacht hatte,
brachten Luther in Harnisch, und Ende September erschien seine
Entgegnung, der er mit Bezugnahme auf das dem Briefe bei=
gedruckte Emsersche Wappen den spitzen Titel gab: „Zusatzbemerkungen
Luthers zu dem Emserschen Steinbock."81 Er schlägt den Ton
bitteren Spottes gegen den gelehrten Mann an, der schon auf
dem Titel seiner Schrift einen Verstoß gegen die Grammatik
begangen, und macht sich daran, „den Bock zu jagen" und ihm
seinen Brief zu zerpflücken. Eck, der nach Ingolstadt zurückgekehrt
war, eilte Emser zu Hilfe mit seiner Schrift vom 28. Oktober:
„Antwort auf Luthers verrückte Jagd." Inzwischen hatte aber
auch Emser selbst sich zur Gegenschrift gerüstet, die noch im No=
vember unter dem Titel: „Verteidigung gegen Luthers Jagd auf
den Steinbock" erschien.82 Hier geht er zur offenen Gegnerschaft
über und beginnt zugleich mit einer Methode, die er fortan mit
Vorliebe in seinen Streitschriften anwendet, nämlich einzelnen
Sätzen, die er aus Luthers Schrift heraushebt, seine Entgegnung
so entgegenzustellen, daß eine Art Dialog zwischen ihnen beiden
daraus wird, bei dem er natürlich der Obsiegende ist. Hier spricht
er sich nun auch deutlich darüber aus, was er sich dabei denkt,
daß Luther nach seiner Auffassung erklärt habe, nicht um Gottes
willen die Sache angefangen zu haben. „Ich fange jetzt an zu
ahnen, wer der Vater dieses Kindes, will sagen deines unversöhn=
lichen Hasses gegen den Papst gewesen ist, nämlich, daß nichts
von Gewinn aus dem Ablaßgeschäft für dich oder die Deinen zu
holen gewesen ist, daß Tetzel und seinen Leuten lieber als deiner
Gesellschaft das Ablaßgeschäft übertragen worden ist."83 Da sehen
wir den pragmatischen Zusammenhang, aus dem ein Emser sich
die Reformation Luthers erklärt! Hätte Cardinal Albrecht nicht
einem aus dem Dominikanerorden, sondern den Augustinern den
Vertrieb des Ablasses übertragen, dann wäre Luther still geblieben,
dann hätte es keine 95 Thesen und keine deutsche Reformation

gegeben! Wollen wir uns wundern, daß Luther diese Verteidigung ebenso wie die Ecksche Schrift ohne Antwort ließ?

Aber freilich, der Waffenstillstand zwischen beiden währte nicht lange. Im Sommer 1520 erschien Luthers mächtige Streitschrift „An den christlichen Adel". Diese trieb Emser aufs neue in den Kampf. Er arbeitete an einer ausführlichen Gegenschrift, deren Vorwort das Datum des 21. Dezember 1520 trägt, die aber erst am 20. Januar des folgenden Jahres die Druckerei verließ. Während des Druckes war Luthern bereits der erste Bogen der neuen Streitschrift in die Hände gespielt worden. Das reizte ihn, dem Gegner, noch ehe sein Buch vollendet war, mit scharfem Streich zuvorzukommen. Dazu kam, daß man in Wittenberg den Verdacht hegte, eine inzwischen im August in Rom von dem Dominikaner Thomas Rhadinus veröffentlichte und sofort im Oktober in Leipzig nachgedruckte Schrift gegen Luther sei auch ein Werk Emsers. Man hielt den unbekannten Rhadinus für ein Pseudonym, hinter dem sich in Wirklichkeit Emser verberge.[84] So sendete er schleunigst um Neujahr einen kleinen spöttischen Gruß „An den Bock zu Leipzig"[85] aus, eine Schrift, in der er ihm auf das Motto seiner noch im Druck befindlichen Schrift: „Hüt dich, der Bock stößt dich" derb mit dem Sprüchlein antwortete: „Lieber Esel, leck nit"; „behüte Gott vor dem Bock die Geisen, ... mit mir hats, ob Gott will, keine Not!" Er deutet aber auch gleich den Punkt an, der fortan in ihrem Kampfe ein Hauptthema der Streitverhandlung werden sollte, Emsers Forderung, daß die Schrift „nicht nach dem Buchstaben, sondern nach dem Geist" aus= gelegt werden müsse, wobei er unter dem Buchstaben den von Luther wieder zu Ehren gebrachten, aus dem Zusammenhange zu ermittelnden eigentlichen Sinn der Worte, unter dem Geiste aber die falschberühmte allegorische Schriftauslegung verstand. „Ich bin im Sinne", so kündigt Luther an, „dir christlichen Unterricht zu geben vom Geist und Buchstaben, da du nicht ein Tittelchen davon verstehst." Ueber diesen gewichtigen Punkt will er gerne einen ernsten Kampf mit ihm führen, mahnt ihn aber, hierfür das Schwert nicht an der Schneide, wie bisher, sondern bei dem Heft mit beiden Händen anzufassen und seine „Mitgeister" zu sich zu nehmen, damit etwas Ernstes dabei herauskomme.

Es mußte Emser besonders gereizt haben, daß Luther bei der Verbrennung der Bannbulle am 10. Dezember 1520 u. a. auch Schriften dieses Gegners ins Feuer geworfen hatte.[56] Noch un= angenehmer aber mußte es ihm sein, daß übermütige Studenten, 20 „adlige Jünglinge", am Neujahrstage 1521 an die Kanzel der Thomaskirche in Leipzig einen förmlichen Fehdebrief gegen ihn angeschlagen hatten, in dem sie ihn als „höchste Schande des Schwabenlandes", als „geschwätzigen und lügenhaften Sophisten", als „treulosen und landflüchtigen Mann", als einen „den Aus= schweifungen sehr ergebenen Priester" u. s. w. öffentlich anschuldigten und ihm vorwarfen, nicht nur bei einem Gelage Schmähworte gegen den großen Erasmus ausgestoßen zu haben, sondern auch den unschuldigen Gottesgelehrten Martin Luther beleidigt zu haben. Das könnten sie als Freunde der Wissenschaften und als Liebhaber christlicher Freiheit und Lehre nicht dulden. Er gehe darauf aus, Christi Herrschaft ein Ende und uns wieder zu Knechten mensch= licher Satzung zu machen. Dabei treibe ihn doch nur Ruhmsucht und Hoffnung auf fette Pfründen; er schmeichle dem römischen Papst und folge dem schlechten Vorbilde, das ihm Eck, Aleander und andere Apostel des Antichrist gegeben hätten. Er sei jetzt schuld, daß aller Orten Leipzig in üblen Ruf käme. Darum hätten sie zu Ehren der heiligen Schrift und der christlichen Freiheit sich gegen sein Leben und gegen seinen Ruf verschworen.[87] Der Leipziger Drucker Valentin Schumann hatte diese kecke Heraus= forderung in 1500 Exemplaren gedruckt. Herzog Georg, der in Frankfurt a. Main weilte, wurde sofort gegen diese Frevelthat alarmiert und verfügte schon am 9. Januar, daß man auf die Thäter fahnden solle. Schumann wurde verhaftet, unter den Leipziger Studenten fanden scharfe Verhöre statt; für den ge= ängsteten Drucker verwendeten sich seine Frau, sein Bruder und die Frau Rentmeisterin bei Emser, und durch diese Fürsprache gelang es, ihn vor härterer Strafe zu bewahren. Emser stellte als Sühne die Forderung, daß der schuldige Drucker seine Ent= gegnung, die er sofort verfaßte, ihm in ebensoviel Exemplaren drucken mußte.[88] So ließ er gegen seine unbekannten Angreifer eine kleine lateinische Verteidigung ausgehen.[89] Er hielt ihnen ihr unchristliches Verhalten vor, daß sie Streit und gar blutige Fehde vom Zaune brechen wollten, und drohte ihnen mit dem ebenso katholischen wie christlichen Fürsten Georg, der auch der Jugend nicht in seinem Lande gestatten werde, daß sie der falschen Lehre Luthers zustimmten. Es sei nicht wahr, daß er aus dem Vater= lande einst habe fliehen müssen, und nicht wahr, daß ihn nach weiteren Pfründen gelüste, nicht wahr, daß er übles von Erasmus geredet, wenngleich er trotz seiner hohen Verehrung für ihn auch auf dieses Mannes Worte nicht schwöre. Insofern aber Luther in die hussitische und wiclifitische Ketzerei abgeirrt sei, habe er mit diesem nichts zu schaffen, er halte sich an das Gebot der Schrift, der Obrigkeit unterthan und den Vorstehern gehorsam zu sein. Darum ordne er sich ebenso den päpstlichen wie den kaiserlichen Gesetzen unter. Gegen Luther habe er zur Feder gegriffen, um das durch seine Schriften geärgerte christliche Volk bei der Einheit der katholischen Kirche zu erhalten. Pathetisch schließt er: „mein Leben könnt ihr kräftigen Jünglinge, die ihr so viele seid, mir dem Einen und Abgearbeiteten wohl entreißen, meinen christlichen Glauben sollt ihr mir mit des Herrn Hilfe niemals rauben. Meinen ehrlichen Namen aber, den ihr mir jetzt zu nehmen bemüht seid, werde ich wenigstens im Grabe noch finden."

Inzwischen hatte er aber auch auf Luthers Provokation eine kleine Gegenschrift vollendet; hatte dieser „An den Bock zu Leipzig" geschrieben, so antwortete er jetzt „An den Stier zu Wittenberg."[90] Er beschwerte sich, daß ihm Luther nach „bäurischer" Weise in die Rede gefallen sei, ehe er noch selber ausgeredet habe, und jenen einen Bogen einer noch nicht erschienenen Schrift zum Anlaß genommen habe, ihn aufs neue anzugreifen. Er verwahrte sich gegen den Verdacht, die Schrift des Thomas Rhadinus verfaßt zu haben; es müsse jemand ganz verblendet sein, wenn er in diesem „kunstreichen, edlen Buche" seinen Stil und seine Arbeit erkennen wollte. Aber freilich, das sei ja landbrüchig, daß Luther „gleichwie ein ungestümes, wildes Meer bei Tag und Nacht weder bei sich selber Ruhe habe, noch andere Leute zufrieden lasse; sondern wie die Wellen ans Schiff schlagen, so müsse er sich bald an diesem, bald an jenem reiben." Nun aber war auch seine große Gegen= schrift auf Luthers Buch an den deutschen Adel im Druck voll= endet worden (20. Januar 1521). Er hatte ihr den Titel gegeben:

„Wider das unchristliche Buch Martini Luthers, Augustiners, an den deutschen Adel ausgegangen, Verlegung Hieronymi Emser an gemeine hochlöbliche deutsche Nation."[91] Wir kommen auf den theologischen Inhalt dieser Schrift später noch zurück. Wenige Tage darauf hatte auch Luther wieder eine kleine Entgegnung „Auf des Bocks zu Leipzig Antwort"[92] vollendet, in der er besonders seine Unterredung mit Emser während seiner Leipziger Disputation gegen dessen Mißdeutung richtig zu stellen suchte, aber auch wunderlicher Weise sich darauf versteifte, daß er der Verfasser des Buches des Thomas Rabinus sein müsse. Der Ton wird immer schärfer und derber, so wenn er ihm sagt: „Du hast freilich nicht Eselsohren, sieh aber zu, daß du nicht Eselshirn und -herz habest"; oder: „Darum wäre mein Rat, du bliebest ein Versifex und schriebest deine schäbigen Verse; wenn du da lögest und irretest, so wärs ohne Schaden; aber Gottes Wort und die Schrift ist dir zu hoch." Oder: „es wäre vielleicht recht, daß wenn du zu Leipzig auf der Gasse gingest, man alle Glocken läutete und dem neuen Heiligen Rosen unter die Füße legte." Sofort war Emser mit einer Entgegnung zur Hand: „Auf des Stiers zu Wittenberg wütende Replik.[93] Er blieb bei seinem Verständnis dessen, was Luther ihm in Leipzig gesagt hatte, beschwerte sich über Luthers Scheltreden und rief ihm zu: „Blitze, hagele oder donnere, so lange du willst, schreib Bücher viel oder wenig, schmähe und lästere mich auf das allerärgste, ich habe der Sache einen Vorteil, daß dir schier niemand mehr Glauben giebt und deine Bücher allenthalben verbrannt werden. Wiewohl ich nicht viel danach frage, sie werden verbrannt oder bleiben, denn ich sie gottlob weiß wohl zu widerlegen und will ihnen mit gutem beständigem Grund der Schrift wohl so wehe thun, als der Papst mit dem Feuer." Und da ihn Luther einen „Versifex" und einen „Windpoeten" gescholten habe, so wolle er seine Kunst üben und ihm zum Abschied einige lateinische Verslein mit auf den Weg geben. Hören wir einige dieser poetischen Ergüsse:

Luther blitzet und donnert, obwohl es doch draußen jetzt Winter,
Stellt sich gefährlicher an, als es der Winter vermag.
Elender, warum so wild? was schleuderst du machtlose Blitze?
Fromme fürchten dich nicht, Gott ist ihr Schutz und ihr Schirm.

Mein entarteter Mönch ist nur darin verschieden vom Teufel,
  Daß er vollbringt, was der Schelm ihm in den Sinn hat gesetzt.
Hilft ihm nun noch eine Vettel, geübt in Kniffen und Ränken,
  Machen dem Höllengott selbst beide die Hölle zu heiß.[94]

Ein drittes auf den „kotigen" (lutulentus) Luther ist zu unschön;
wir lassens hier lieber unausgegraben.

Luther arbeitete unterdessen an einer Antwort auf Emsers
großes Buch, wobei er auch einen neuen Gegner, den Franziskaner
Thomas Murner, zugleich mitabfertigen wollte. Ende März er=
schien in Wittenberg sein Buch: „Auf das überchristliche, über=
geistliche und überkünstliche Buch Bock Emsers zu Leipzig Antwort".[95]
Mit übermütigem Spott schildert er Emser als den seltsamen
Kriegsmann, der mit langem Spieß und kurzem Degen auf ihn
losgehe, und sich selbst, wie er wehrlos vor diesem reisigen Manne
in die Knie gesunken sei, sich von ihm stechen lassen müsse und
nur noch sagen könne: „Gnade, Junker Bock, seid uns gnädig am
Leben". Doch nein, er rüstet sich mit Panzer, Helm und Schild,
von denen Paulus Epheser 6 geredet hat, und wagt in diesem
Schutz den Kampf mit seinem Gegner. Im Fortgange der Schrift
spielt er den Kampf hinüber auf das Schriftwort 1. Petri 2 von
dem königlichen Priestertum der Christen, aus dem er gefolgert
habe, daß alle Christen Priester seien, während Emser nach seiner
Theorie von dem „Geist", nach dem die Schrift ausgelegt werden
müsse, das „geweihte Priestertum" des römischen Klerus hinein=
menge. Er nimmt Anlaß, das Priestertum der Gläubigen näher
zu begründen und dagegen das „kirchliche" Priestertum als den
Dienst zu beschreiben, der zum Besten des christlichen Volkes
geschehe. Dieses Amt werde aber nirgends in der Schrift mit
dem Priesternamen bezeichnet. Das katholische Priestertum stamme
auch nicht aus direkter Einsetzung Christi, sondern aus einer
Ordnung der Kirche und sei nicht in der Schrift begründet.

Emser zögerte nicht lange mit der Antwort. Sie führte den
Titel „Quadruplica auf Luthers jüngst gethane Antwort seine
Reformation belangend."[96] Sie beschäftigte sich vor allem mit
Luthers Ketzerei, an der er festhalte „wie ein alter Jude an seinem
Glauben", nämlich mit seiner Lehre vom Priestertum der Gläubigen
und der Herleitung des geistlichen Amtes aus dem Auftrage der

christlichen Gemeinde und sucht wieder zu erweisen, daß in der
Schrift zweierlei Priestertum gelehrt sei. Luther, der sich beschweren
mußte, daß seinen Schriftbeweisen im wesentlichen mit Zeugnissen
der Kirchenväter, mit der Tradition der Kirche geantwortet worden
war, hatte zunächt Lust, die weitere Antwort anderen zu über=
lassen und forderte von der Wartburg aus im Juli seinen Freund
Amsdorf auf, dieser Aufgabe sich zu unterziehen, und deutete ihm
zu diesem Zwecke in einem längeren Briefe bereits die Gesichts=
punkte an, unter denen eine Gegenschrift den Kampf weiter führen
könnte.[97] Als er dann im August für seine Wittenberger Gemeinde
eine Erklärung des 36. (37.) Psalms herausgab, mischte er nebenbei
eine Anzahl kritischer Bemerkungen gegen Emser ein, mit denen
er wohl seinerseits die Sache erledigt haben wollte.[98] Dann aber
änderte er doch seinen Entschluß und ließ noch schnell Ende
September oder Anfang Oktober eine kleine Gegenschrift erscheinen:
„Ein Widerspruch Dr. Luthers seines Irrtums, erzwungen durch den
allerhochgelehrtesten Priester Gottes, Herrn Hieronymus Emser".[99]
In bitterer Ironie widerruft er hier, damit es nicht baß regne,
seine bisherige Lehre und bekennt sich von Emser überwunden,
daß 1. Petri 2, 9 nicht nur von der geistlichen, sondern auch von
der leiblichen Priesterschaft rede, ebenso gewiß, wie nach Emser
Christi Worte „ihr seid das Salz der Erde" von den Priestern
der Kirche geredet seien. Diesem ironischen Widerruf läßt er
dann das richtige Verständnis der Stelle des ersten Petrusbriefes
folgen. Sofort erschien „Emsers Bedingung auf Luthers ersten
Widerspruch", in welcher jener unkluger Weise Luther mit seinem
Zugeständnis ernst nehmen wollte und ihm nunmehr die Un=
beständigkeit und die Widersprüche in seiner Lehrweise meinte
sonnenklar nachweisen zu können. Luther hielt es nicht für angezeigt,
den Streitschriftenwechsel nun noch weiter fortzusetzen. Es konnte
auch bei einem Kampfe, bei welchem beide über das Prinzip,
nämlich über die Grundsätze für das Verständnis der heiligen
Schrift, nicht einig waren, nichts Erspießliches herauskommen.
So behielt Emser das letzte Wort.

An Grobheit hatte der Streitschriftenwechsel auf beiden Seiten
es nicht fehlen lassen: Emser schalt auf den Ketzer, Gotteslästerer,
Erzlügner, Verächter der heiligen Väter, den „schebichten, ohn=

mächtigen, seellosen" Mönch, den hoffärtigen Bettelmönch, dem
Augustin nur Stiefvater sei, dessen Anhänger „etliche halbgelehrte
Grecken und Gecken am Biertisch", dessen Bücher Schandbücher
seien; auf den „Erzbischof" der Augustiner, die aus dem Kloster
laufen und das Geld unter sich teilen wollen, auf den Hussiten und
Führer der deutschen Pickarden u. s. f.; Luther schlägt mit Vorliebe den Ton souveränen Spottes an, wenn er von dem „hoch-
gelehrtesten, trefflichen Gottespriester und Licentiaten der heiligen
geistlichen Rechte" redet und den Kriegsmann mit langem Spieß
und kurzem Degen dem Leser vor Augen malt, oder wieder von
dem „Papierschänder zu Leipzig" redet, der „so närrisches Ding
vorgiebt, daß sich ein Stein über ihn erbarmen möchte", oder
von dem lächerlichen Narren, der die Sonne vom Himmel herab-
stechen will, der nichts kann in der Schrift, und auch sein eigen
Ding nicht verstehet. Mochten Emser und seine Freunde auch
triumphieren, daß Luther nicht mehr antwortete, sein Schweigen
ging von der Empfindung aus, daß er Nützlicheres zu thun habe,
als dem „Leipziger Sophisten" weiter zu antworten.

IV. Kapitel.

Der Kampf mit Luther (1522—1527).

Eine kurze Pause trat nach dem heftigen Schriftenwechsel des
Jahres 1521 ein. Da Luther schwieg, konnte auch Emser nicht
replizieren. Er wandte sich jetzt zunächst gegen Karlstadt (darüber
siehe unten). Doch fand sich bald Gelegenheit, als Herausgeber
und als Uebersetzer den Kampf gegen Luther selbst weiter zu
führen. Schon während des Kampfjahres 1521 hatte er ein
Mandat, das Kaiser Karl vom Wormser Reichstag aus am
30. Dezember 1520 der Wiener Universität hatte zugehen lassen,
in Dresden am 6. April herausgegeben. Jene Universität hatte
sich Eck gegenüber geweigert, die Bannbulle gegen Luther zu vollziehen; nun aber hatte kaiserlicher Befehl aufs strengste die Verbrennung der Bücher Luthers gefordert. Wir verstehen, wie
willkommen es Emser sein mußte, dieses Mandat weiter bekannt
zu machen.[101] Aber nun war ein andrer Fürst sogar mit

gelehrter theologischer Widerlegung Luthers hervorgetreten: König
Heinrich VIII. hatte 1521 eine Verteidigung der sieben Sakramente
gegen Luthers Schrift von der babylonischen Gefangenschaft geschrieben und veröffentlicht, nachdem er schon am 20. Mai 1521
Kaiser und Fürsten brieflich ermahnt hatte, „hurtig Hand anzulegen und den Rebellen wider Christum, Luther, wenn er nicht
sich bekehren wolle, mitsamt seinen ketzerischen Büchern gründlich
zu vernichten und ihn dem Feuer zur Aufbewahrung anzuver-
trauen".[102]   Erfreut machte sich Emser an die Veröffentlichung
der Ansprache, mit der Heinrichs Gesandter, Dechant Joh. Clarke
am 2. Oktober 1521 dem Papst diese Gegenschrift überreicht hatte,[103]
und begab sich selber an die Uebersetzung des königlichen Buches,
das er am 28. Juni 1522 der Herzogin Barbara zueignete; warum
sollten denn nicht auch Frauen die scholastische Schrift lesen, da
doch „päpstliche Heiligkeit allen und jeglichen Christgläubigen, so
gemeldetes Büchlein lesen oder hören lesen, 10 Jahre Ablaß und
so viel Quadragenen aus päpstlicher vollkommer Macht gegeben
hat, welches alles, meines Verhoffens E. F. Gn. und alle frommen
christlichen Herzen zu fleißiger Lesung des vielgenanten Büchleins
so viel mehr bewegen wird, so viel uns allen und jeden in sonder-
heit, der sich des Glaubens annehmen und seine Seele bewahren
will, mehr an dieser Sache gelegen ist".[104]   Luther, der erst spät
(26. Juni 1522) von Heinrichs Schrift Kenntnis erhielt, antwortete
dem vornehmen Gegner sofort in bekannter Schärfe, ohne der
königlichen Würde zu lieb die Lauge zu sparen, und zwar, mit
Rücksicht auf Emsers Uebersetzung, zugleich in lateinischer und in
deutscher Gegenschrift, und wahrscheinlich unterbrach er die bereits
begonnene Arbeit an der eingehenden lateinischen Antwort, als
ihm Emsers deutsche Ausgabe zuging, und schob schnell die kürzere
deutsche Schrift dazwischen.   Sie thut Emser nicht die Ehre an,
ihn selbst zu nennen: „das ist nun auch verdeutschet zu Meißen,
und da meinen sie, dem Luther sei geraten!" — mit dieser
kurzen Bemerkung wird die Uebersetzung von ihm abgethan.[105]
Entrüstet übersendete Herzog Georg schon am 6. August Luthers
deutsche Schrift dem Reichsregiment und verlangte energisches Ein-
schreiten gegen diese Schmähung eines Verbündeten des Kaisers;
das Regiment erwiderte ihm, es habe diese „Schmach mißfällig

verstanden", ließ aber im Gefühl seiner Ohnmacht die Sache dabei bewenden.[106] Nun aber wendete sich Heinrich selbst in längerem Schreiben an die sächsischen Fürsten und beklagte sich über Luthers Schrift. Freilich, die ihm selbst darin zugefügten Beleidigungen achte er für nichts, aber auch der Kaiser und die deutschen Fürsten seien in einem Satze als treulos verdächtigt; sie sollten zusehen, daß nicht der eine Luther ganz Deutschland verwirre, wie einst aus dem einen Würmlein Hus der Drache der böhmischen Sekte hervorgewachsen sei; speziell mahnt er, die in jener Schrift angekündigte Bibelübersetzung des Ketzers zu unterdrücken.[107] Ein Herold, Rafael York, wurde mit diesem Schreiben abgesandt, der sich auf dem Nürnberger Reichstag einfand und von dort durch Hans von der Planitz, den kursächsischen Gesandten, nach Sachsen geleitet wurde. Am 27. April traf er bei Friedrich dem Weisen in Colditz ein, übergab Brief und Buch des Königs, ritt aber dann erst zu Herzog Georg nach Leipzig, um auf der Rückkehr die Antwort des Kurfürsten in Empfang zu nehmen. Georg fertigte ihn zu seinem Verdruß nur durch seine Räte ab, ohne ihm persönliche Audienz zu gewähren. Am 4. Mai aber übergaben ihm Friedrich der Weise und sein Bruder Johann in Altenburg ihre gemeinschaftliche Antwort an König Heinrich, nachdem sie ihn mit ausgesuchter Freundlichkeit behandelt und reich beschenkt hatten. Sie behaupteten in bekannter Taktik ihr neutrales Verhalten gegen Luther, der gegen ihren Willen von seinem Versteck nach Wittenberg zurückgekehrt sei; sie warteten auf ein freies, christliches Konzil, dessen schriftgemäße Beschlüsse sie bereitwillig ausführen würden. Habe Luther Unziemliches gegen Heinrich oder Jemand anderes geschrieben, so sei ihnen das unangenehm. Kurz, in vielen Worten nichts, was Heinrich wirklich hätte befriedigen können.[108] Emser aber publizierte — offenbar in Georgs Auftrage — schleunigst (23. Mai) Heinrichs Schreiben nebst Georgs Antwort.[109] Unterdessen hatte der Kurfürst Luther die Forderung der Stände auf dem Nürnberger Reichstag mitgeteilt, daß er hinfort keine Bücher solle drucken dürfen. Er erwiderte darauf (29. Mai), daß er nie die Absicht gehabt habe, Jemand zu schmähen, oder zu Ungehorsam und Uneinigkeit zu reizen, daß er aber ernste Ursache gefunden habe, „so hart und ernstlich" zu schreiben. Er schwiege gern, aber die Gegner

ließen es dazu nicht kommen. Habe doch außer Joh. Faber auch
„der Emser ein deutsch Buch nach dem andern wider mich, wie
wohl nicht fast [sehr] nützlich, noch mir schädlich" ausgehen lassen
„mit mannigfaltiger Lästerung nicht allein meines christlichen
Namens, sondern auch des heiligen Evangelii". Solche Lästerung
Gottes seines Herrn könne er nicht dulden.[110] In der That war
er durch Emser inzwischen wieder sehr schwer angegriffen worden.
Dieser hatte sich verpflichtet gefühlt, den Schlag zu parieren, den
Luther im Juli 1522 mit seiner leidenschaftlichen Schrift: „Wider
den falsch genannten geistlichen Stand des Papstes und der
Bischöfe" speziell gegen die sächsischen Landesbischöfe geführt hatte.
Der Meißner und der Merseburger Bischof hatten in ihren
Diözesen, z. T. auch auf kursächsischem Gebiet, zu visitieren an=
gefangen und wollten jetzt durch Visitation und Predigt das ihnen
verloren gehende Terrain sichern. Um so grimmiger holte Luther
daher jetzt aus, um als „Ecclesiastes zu Wittenberg von Gottes
Gnade" sie, ihr bischöfliches Amt, ihre Ansprüche auf ein geistliches
Regiment, das ungeistliche Leben und Treiben an den Bischofs=
sitzen vor dem Richterstuhl des göttlichen Wortes unnachsichtig zu
prüfen und zu richten.[111] Die Erregung Emsers über diese Schrift
war groß, und in der That war diese ganz dazu angethan, denen,
die in den Bischöfen die Nachfolger der Apostel und die Garanten
der Einheit der Kirche erblickten, das Blut heiß zu machen. Er
wollte nun auch einmal gründlich mit Luther abrechnen. So ging
seine Gegenschrift aus: „Wider den falsch genannten Ecclesiasten
und wahrhaftigen Erzketzer Martin Luther Emsers getreue und
neue Verwarnung mit beständiger Verlegung aus bewährter und
kanonischer Schrift".[112] Wie zornig klingt schon der lateinische
Gruß an der Spitze der Schrift:

Wer Dich Marius nennt statt Martin, fehlt zwar im Namen,
　Aber die Sache ist recht: beide sind schrecklich und wild,
Beide der Oberen heftige Feinde, beliebt in dem Volke,
　Frech und schnell bei der Hand, Aufruhr zu säen und Gewalt.

Dem Kaiser schreibt er diese neue Schrift zu (3. Jan. 1523),
denn „wem wollt es auch billiger zugeeignet werden denn Dir,
dem Gott das Schwert zu Beschützung der heil. Christenheit
und Ausrottung aller Ketzerei von oben herab verliehen hat? ...

denn wir Christen nicht mehr Christen, sondern Papisten von den Ketzern genannt, und die hohen Glieder Deines Adlers, Kurfürsten, Erzbischöfe und Fürsten des heiligen Reiches schmählich ver= schimpfiert, verachtet, verfolgt und auf einander verhetzt werden". So möge er denn als „Patron und Schutzherr der heiligen Christenheit" „ernstlich strafen und schleunig abschaffen". So ist das ganze Buch ein Notschrei, daß doch endlich diesem Erzketzer mit gebührender Gewalt das Handwerk gelegt werden möge. Wissen jetzt doch bereits die Kinder auf den Gassen und die alten Weiber in den Spitälern von den Büchern und der Lehre des verlogenen Mönches. Er weist daher in längerer Argumentation nach, daß Luther kein Ecclesiastes von Gottes Gnaden sei, sondern alle Kennzeichen eines Ketzers an sich trage; die Warnungen der Schrift vor Irrlehrern und Verführern der letzten Zeiten, die er auf Papst und Bischöfe zu deuten wagt, weisen vielmehr auf ihn selbst. Aber wie Bileam fluchen sollte und segnen mußte, so ge= reicht auch seine Lästerung den geistlichen Personen zur Besserung und den Klöstern zur Sichtung: nur die bösen Buben folgen ihm, aber die guten Elemente sammeln sich zu um so beständigerem Widerstande gegen den Verführer. Emser geht dann eine Menge von streitigen Artikeln durch, um seine Ketzereien aufzuweisen, die frommen Deutschen vor ihm zu warnen, um schließlich sich wieder an den Kaiser zu wenden: „Alle Stände wanken und zittern; Deine Ankunft ist uns nicht weniger von Nöten, als die Augen dem Leib oder die Sonne dem Erdboden!"

Der Kaiser hatte damals keine Zeit, und die politischen Ver= hältnisse gestatteten ihm nicht, auf solche Beschwörungen zu hören. Aber auch Luther schwieg auf die Provokation. Jetzt hatte aber Emser schon wieder Anlaß zu polemischer Beschäftigung mit Luther gefunden: das Neue Testament in Luthers Uebersetzung, mit seinen Vorreden und Glossen, war erschienen, und Emser rüstete im Auf= trage seines Herrn eine eingehende Beleuchtung der Mängel und Fälschungen vor, die hier vorliegen sollten (vgl. darüber das nächste Kapitel). Kaum aber hatte Luther Ende 1523 seine Wittenberger Gottesdienstordnung (Formula missae et commu= nionis) auf wiederholtes Bitten seines Freundes Nic. Hausmann, des Pfarrers in Zwickau, herausgegeben, so war auch Emser wieder auf dem Plane. Hausmann war ja auch sein alter Freund, brieflicher und persönlicher Verkehr hatte zwischen ihnen bestanden; als Leipziger Magister und Freund des Emserschen Freundes Aesticampian, als Prediger in Schneeberg (seit 1519), als Pfarrer in Zwickau (seit 1521) hatte jener mannigfaltige Gelegenheit dazu geboten. An ihn adressierte er daher jetzt seine Entgegnung (29. Februar 1524): „Verteidigung der Messe der Christen gegen Luthers Meßformel".[113] Es war ein polemischer Kunstgriff, daß er dabei Luthers Angabe, Hausmann habe ihn wiederholt um eine solche Schrift gebeten, für eine dreiste Fiktion dieses Lügenmeisters ausgab; daraus könne der Freund schon erkennen, wie listig dieser Lucifer ihn einzufangen suche. Denn die Zwickauer kirchlichen Verhältnisse und Hausmanns Stellung zur Reformation konnten in Dresden nicht unbekannt geblieben sein. Im Uebrigen bietet er seine Belesenheit, aber auch seine kritiklose Art des Argumentierens auf, um biblische Beweise für das römische Meßopfer und geschichtliche Zeugnisse für das hohe Alter des Ritus und der Liturgie desselben zu erbringen. Er bringt es fertig, aus der Kreuzaufschrift in hebräischer, griechischer und lateinischer Sprache den Willen Gottes herauszulesen, daß das Altarmysterium des Todes Christi, die Messe, auch nur in einer dieser drei Sprachen gefeiert werden darf. Er weiß, daß Petrus schon bei der Meßfeier das Vaterunser in die Liturgie einfügte — denn Gregor I. hat es bezeugt; er kennt den Ritus der Apostel schon genau, — denn Dionysius der Areopagite (5. Jahrhundert!) war ja der Schüler des Paulus. Man freut sich über die ausgebreitete Belesenheit Emsers, erkennt aber auch den vollständigen Mangel an Methode und geschichtlichem Verständnis. Dabei ist auch hier der gleiche gehässige Ton angeschlagen, den wir bei ihm bereits kennen. So macht er auch hier einen scharfen Ausfall gegen den Verfälscher des Neuen Testaments: die Uebersetzung ist gefälscht, durch Randglossen ist der Sinn korrumpiert, durch beigefügte Bilder das Buch zur Schmähschrift geworden. Aber noch mehr: Luther wirft ganze Bücher der Schrift weg. Von den Evangelien verläßt er sich nur auf Johannes, die drei andern schiebt er bei Seite — so giebt er Luthers Lobspruch auf Johannes „das einige, rechte, zarte Hauptevangelium" wieder —; Pauli Brief an die

Hebräer erklärt er für untergeschoben, — Luther hatte mit gutem
Grunde behauptet, er stamme von einem Jünger der Apostel,
nicht von Paulus selbst —, den zweiten Petrusbrief für zweifelhaft,
den Jakobusbrief für einen strohernen Brief; der Brief Judae soll
dem apostolischen Geiste, die Offenbarung seinem eigenen Geiste
zuwider sein. Wie er hier nicht ein Reiniger, sondern ein Aus-
reuter ist, so sucht er nun auch jetzt allen Gottesdienst zu vernichten. — Hausmann fragte darauf bei Luther an, ob er denn
nicht darauf antworten wolle. Doch dieser erwiderte: „dem Emser ist
nichts zu entgegnen, denn er ist der, von dem Paulus sagt: 'ein
solcher ist verkehrt, als der sich selbst verurteilt; solchen meide',
denn er thut die Sünde zum Tode. Noch ein Kleines, dann will
ich wider ihn beten, daß ihm der Herr nach seinen Werken ver-
gelte. Denn es ist besser, daß er stirbt, als daß er so fortfährt,
gegen sein Gewissen Christum zu lästern. Laß ihn also; schnell
genug wird der Elende zur Ruhe gebracht werden. Aber auch
du laß ab für ihn zu beten".[114] Es scheint, als wenn dieser
Ausspruch Luthers Emser hinterbracht wurde. Denn in einer
späteren Streitschrift gegen Euricius Cordus fügte er folgende
lateinischen Distichen „auf Luther, der schon längst betet, daß Emser
sterben solle" bei:

Luther bittet den Himmel, den Emser sterben zu lassen,
    Aber so schnödem Gebet beuget sich nicht das Geschick.
Wahnsinn ists, mit Gebet den Tod herbei mir zu rufen,
    Holt er doch eilenden Laufs baldigst uns beide hinweg!
Dann wird gerechtes Gericht vor allen öffentlich kund thun,
    Wer von uns Beiden getreu stritt für die Kirche des Herrn.[115]

Wie Emser den Kampf um die Messe nun auch gegen Zwingli auf-
nahm und darüber in neuen Schriftenwechsel geriet, und wie er
andrerseits auch gegen Hausmann noch weiter öffentlich auftrat,
das verfolgen wir unten im sechsten Kapitel.

    Bischof Benno und die endlich glücklich erreichte Kanonisation
trieb ihn wieder zum Waffengang mit Luther. Unter Hadrian VI.
war ja endlich geschehen, was seit Alexander VI. unermüdlich
sächsischerseits betrieben worden war. In Gegenwart des Bischofs
von Meißen, Johann v. Schleinitz, hatte der letzte deutsche Papst

am 31. Mai 1523 die Kanonisation ausgesprochen und den 16. Juni als seinen Gedenktag festgesetzt. Erst im Jahre 1524 konnte der neue Heiligentag in Meißen zum ersten Male mit allem Pomp gefeiert werden: die Erhebung der Gebeine Bennos sollte geschehen; Bischof, Domkapitel und Herzog vereinigten sich, hier ein kräftiges Zeugnis gegen das verhaßte Luthertum abzulegen. Zahlreiche Einladungsschreiben an Fürsten, Herren und Städte gingen aus, und an den Kirchthüren sollten Plakate alle frommen, die lieben Heiligen in Ehren haltenden Christen zum Feste einladen. Auch in Wittenberg, Weimar, Eisenach, Zwickau und Torgau wünschte der Bischof diese Anschläge machen zu lassen, und Herzog Georg schrieb daher an die Vettern Friedrich und Johann (20. März), sie möchten doch Fürsorge treffen, „daß solchem Anschlage nicht Schmähung oder Lästerung zugefügt werde, wie sonst jetzt leider gewöhnlich geschieht". Luther bekam davon durch Spalatin sofort Kenntnis. Er antwortete ihm (4. April): „den Albernheiten betreffs der Erhebung Bennos versteht ihr Hofleute besser spöttischen Bescheid zu geben als wir, denn ihr seid gewitzt und erfahren darin, diese Versuche mit höflichen Worten abzufertigen. Mir will doch scheinen, daß der Kurfürst nicht im Stande ist, zu leisten, um was man ihn bittet, bei diesen unsern Zeiten und bei der Stimmung des Volks, da nicht einmal der Kaiser und das Reichsregiment, ja nicht einmal Herzog Georg in seinem eigenen Lande es durchsetzen können. Denn ich selbst werde mich nicht abhalten lassen, sobald ich höre, daß der unsinnige Zettel ange-schlagen wird, eine kleine Predigt herauszugeben und, um zu warnen, gegen diese Versuchungen des Satanas vorzugehen. Wollt ihr den Anschlag machen lassen, so könnt ihr doch mit bloßem Gebot nicht verhindern, daß kein Spott damit getrieben wird, ja ihr werdet das kaum erreichen, auch wenn ihr mit bewaffneter Macht Tag und Nacht unablässig den Zettel bewachen laßt".[116] Vermutlich unterblieb der Anschlag in Wittenberg, Luther rüstete gleichwohl seine Warnungsschrift, die auch noch vor dem Festtage als sein Festgruß erschien: „Wider den neuen Abgott und alten Teufel, der zu Meißen soll erhoben werden".[117] Er vermied zwar — wohl geflissentlich — Emser zu nennen; aber seine Kritik an den „päpstischen", nicht „christlichen" Heiligen, die von den Päpsten erhoben seien, sein Angriff auf Hadrian, der einen Benno kanonisiert, aber zuvor an dem „Morde" der zwei evangelisch gesinnten Augustiner in Brüssel als ein arger Feind des göttlichen Wortes betheiligt gewesen sei, seine Bezeichnung Bennos als des „Papstheuchlers", der sich gegen den Kaiser auf des Papstes Seite geschlagen habe — wenn nicht die Meißner diese seine „Tugend" nur erdichtet hätten, um dem jetzigen Papste damit die Ohren zu krauen, — sein Spott über die „feisten, starken Lügen", mit denen man Benno Wunder andichte, sein Rat, daß man den guten Benno schlafen lasse in Gottes Gericht, da wir Christen sein und selig werden können, auch wenn Benno und kein Heiliger sonst erhoben würde — das alles reizte Emser zu scharfer Entgegnung. Bald war seine Antwort da: „auf das lästerliche Buch wider Bischof Benno zu Meißen und Erhebung der Heiligen jüngst ausgegangen".

Der „Heiligenschänder" Luther hat auch dies Büchlein wieder aus den Schriften alter Ketzer, des Vigilantius, des Wiklef und Hus zusammengetragen; sein Eignes daran ist nur sein „Schänden und Lästern". In grimmigem Haß redet Emser von Luthers Evangelium, das da leuchte wie Quat [Dreck] in einer Laterne; seine Früchte seien „Gezänk, Hader, rauben, stehlen, prassen, schlemmen, Ehebrecherei und Mörderei". Luther solle nur Gott danken, daß Papst Hadrian sobald mit Tod abgegangen ist, „sonst möcht er ihn mit der Zeit gleich so wohl verbrannt haben, als die zwei Ketzer zu Brüssel, und hätte des gut Fug und Recht gehabt, denn wer den obersten Priester also lästert und ihm nicht gehorchen will, soll aus göttlichem Befehl und Recht getödtet werden, Deut. 17, welches Gebot Christus nicht aufgehoben, sondern mehr dazu gelegt, und zu seinen Statthaltern, den heil. Aposteln gesagt hat: „Wer euch hört, der höret mich, und wer euch verschmähet, der verschmähet mich. Luc. 10". So geht es weiter im Schelten auf den „Landlügner" und „tollen Mönch", dem er kühnlich die Geschichtsquellen und die mündliche Tradition über Bennos Leben und Verdienste entgegenhält. Luther selbst, nicht der heil. Benno, ist der „neue Abgott und alte Teufel", der jetzt zu Wittenberg ein neues Rom (!) anrichtet, „allda er mit allen meineidigen, ausgelaufenen Mönchen und Nonnen, Ehebrechern und Ehebrecherinnen, Dieben und Schälken dispensiert, heißt sie nur frisch bringen und zutragen, was allenthalben gestohlen und

geraubt ist, daß sie desto freier ihre Hurerei und Büberei voll=
bringen, und schlemmen und demmen mögen, damit er die Tiber
in die Elbe geführt und das freie Leben zu Rom, das er lange
angefochten, gen Wittenberg transferiert hat". Interessant ist
dabei zu erfahren, wie auch ein Emser über die sittlichen Zustände
in Rom urteilte.

Am 6. und 7. Juli 1524 hatten auf Einladung des päpst=
lichen Legaten Cardinal Lorenzo Campeggi und des Erzherzogs
Ferdinand die Bayernherzöge nebst den 12 süddeutschen Bischöfen
von Salzburg, Trient, Regensburg, Bamberg, Speier, Straßburg,
Augsburg, Constanz, Basel, Freisingen, Brixen und Passau einen
Convent in Regensburg beschickt, auf dem der erste größere Ver=
such zur Bildung einer katholischen Partei im Reiche gemacht
wurde. Sie kamen überein, das Wormser Edikt möglichst streng
auszuführen, allen Religionsveränderungen entgegenzutreten, keine
Neuerungen im Gottesdienst zuzulassen, ausgesprungene Mönche,
Nonnen, sowie in die Ehe getretene Priester zu bestrafen, über
den Fastengeboten streng zu halten, die Schriften der Neuerer
und alle Schmach= und Schandbücher zu unterdrücken, ihre noch
in Wittenberg studierenden Landeskinder zur Rückkehr zu nötigen,
landflüchtigen Ketzern keine Aufnahme zu gewähren, auch im
Notfall einander gegenseitig Hilfe zu leisten. Von diesem wichtigen
Manifest der sich rüstenden Gegenreformation veranstaltete Emser
flugs eine Druckausgabe, der er folgende Verse mit auf den
Weg gab:

Wiewohl Luther in seiner Schrift
Ans Haus zu Sachsen widerrift
Viel Dings, und macht sich grausam frumb,
So kehrt er doch die Wahrheit umb
Und fälscht sobald den andern [d. h. zweiten] Psalm,
Verbirgt das Korn und weist den Halm,
Indem daß er sehr klagt und rauscht,
Die Fürsten wollten mit der Faust
Die Sach angreifen und mit Kämpfen
Gotts Wort und Evangeli dämpfen.
Denn es hat viel ein ander Meinung,
Und findt sich klar aus dieser Einung,

Daß Luther eben selbst der ist,
Der wider den gelobten Christ,
Sein' Kirch' und alle Majestät
Getobet und geratschlagt hat,
Viel unnütz's und viel arg's erdicht't,
Dazu das Unglück angericht't,
Wie wir jetzt leider wohl erfahren.
Warum sollt denn die Herrschaft sparen,
Ein solichen unnützen Mann
Nur frisch und tapfer greifen an?
Ja hätt' man das vor lang gethan,
So dörst die teutsche Nation
In solcher Fahr und Sorg nit stohn. — —[118a]

Wir sehen, wie er sich danach sehnte, daß der kirchliche Kampf mit Anwendung von Gewaltmitteln zum Austrag gebracht würde; er freute sich, daß sich wenigstens in Süddeutschland jetzt die Gewalthaber zu regen anfingen.

Noch am Ende desselben Jahres verfaßte Luther seine scharfe, für katholische Leser verletzende Schrift „Von dem Greuel der Stillmesse, so man den Kanon nennt",[119] als seinen letzten energischen Vorstoß, um den Widerstand der bei der täglichen Privat-Messe noch beharrenden Wittenberger Stiftsherren zu brechen und auch gegen das ängstliche Rücksichtnehmen des Kurfürsten einen Gegendruck zu üben. Als sie im Druck erschien (Anf. 1525), war der Sieg bereits entschieden. Weihnachten 1524 hatten die Stillmessen aufgehört. Emser rüstete sich auch gegen diese Schrift zu scharfem Gegenstoß; unter den Wirren des Bauernkrieges schrieb er seine Arbeit. Denn seine Entgegnung „Auf Luthers Greuel wider die heil. Stillmesse"[120] steht unter dem lebendigen Eindruck der Schrecken dieses Krieges. Nun war ja sichtbar geworden, daß Luthers Bücher nichts als „Aufruhr, Zertrennung, Krieg, Todschlag, Räuberei, Brand, Verwüstung deutscher Nation" angerichtet hatten! „Wie so viel verwüstete und verbrannte Schlösser, Städte, Märkte und Dörfer, Klöster, Kirchen und Gotteshäuser, dazu so viel vergossenen christlichen Blutes, so viel armer elender Wittwen und Waisen! Alle diese toten Körper, wenn sie jetzt wieder aufstünden, würden ungezweifelt alle Schuld auf Luther legen und um Rache gen Himmel schreien!" Darum genügt es

Emſer jetzt auch nicht, Luthers Angriffe auf den Meßkanon zu beantworten; viel wichtiger iſt ihm das andre, der deutſchen Nation gründlich zu zeigen, daß eben kein andrer als Luther dieſe Ver= wüſtung Deutſchlands verſchuldet hat. Daher ſchickt er einen Teil voran, der mit lauter Citaten aus ſeinen Schriften beweiſen will, wie er alles über den Haufen geſtoßen, die Stände gegen einander verhetzt, alle menſchliche Ordnung verächtlich gemacht, die Leidenſchaften entfeſſelt habe — kurz daß er der Prediger der Revolution geweſen iſt. Die große Citatenſammlung, die er zu dieſem Nachweis herbeigeſchafft, leidet an dem ſchweren Mangel, daß hier blinder Haß einzelne Sätze aus ihren Zuſammenhängen reißt, und daß daher vieles eine revolutionäre Bedeutung erhält, was damit gar nichts zu thun hat. Man hat daher dieſe Arbeit Emſers die „unmoraliſchſte" ſeiner Schriften genannt; aber es iſt im Grunde auch hier nur dieſelbe Unfähigkeit, Luthers religiöſe Gedanken zu verſtehen, die ſich in ſeiner ganzen Polemik zeigt; außerdem dürfen wir doch nicht vergeſſen, daß für den, dem die Ordnungen und Satzungen der römiſchen Kirche göttliche Ord= nungen und Einrichtungen waren, Luther wirklich als ein Revolutionär erſten Ranges erſcheinen mußte. Emſer hat jetzt nur den einen heißen Wunſch, daß der „teufliſche Mönch" bald „expirieren" und ſtürzen ſoll, wie ja Franz v. Sickingen und Hutten glücklicher Weiſe ſchon geſtürzt ſind. Er ruft nach dem Kaiſer und nach dem ſchwäbiſchen Bunde, daß ſie ſich erheben und das durch Luther verwirrte und verwüſtete Deutſchland in Ordnung bringen möchten.

Im Frühjahr 1525 hatten die Fürſten den Aufſtand glücklich niedergeworfen und unter viel Blutvergießen erſtickt. Das gab der katholiſchen Partei allerlei erwünſchte Waffen gegen die Reformation in die Hand. Kam jetzt nicht zu Tage, daß die Auflehnung gegen die heilige Kirche auch den Umſturz der obrigkeit= lichen Gewalt, die Gefährdung der Fürſten und ihrer Herrſchaft nach ſich zog? Mußten alſo nicht jetzt allen Fürſten die Augen aufgehen über die unheilvollen Wirkungen der Predigt des ab= trünnigen Mönches, und war nicht auch zu hoffen, daß jeder ehrſame Bürger, den die Greuel der ſozialen Revolution erſchreckt hatten, ſich mit Abſcheu von dem Manne abwenden würde, der

mit seiner neuen Lehre an dem allen schuld war? Und wie
erbärmlich hatte er selbst, dieser vermeintliche Prophet Deutschlands,
in diesen kritischen Tagen sich benommen! Hatte er nicht die=
selben Bauern, die doch er allein verführt hatte, feig im Stich
gelassen, sowie die Fürsten die ersten Siege gegen die Empörer
erfochten hatten? Hatte er nicht jetzt ihre Sache verlassen und
in schneller Sinnesänderung sich auf die Seite der Fürsten ge=
schlagen, sie zum Niederstechen der Bauern aufgefordert und die
durch ihn ins Unglück Getriebenen noch schrecklich verhöhnt? Und
in diesen Elendstagen Deutschlands feierte er noch gar vergnügte
Hochzeit! Der meineidige Mönch verführte die Nonne und häufte
Frevel auf Frevel!

Mit solchen Gedanken betrachtete man am Hofe Georgs die
jüngsten Zeitereignisse, in diese Reihe und Verknüpfung der
Gedanken hatte man sich hineingedacht, hineingeredet, hineinge=
eifert. Es galt nun die günstige Situation nicht unbenutzt
vorübergehen zu lassen. Wo eine Revolution niedergeworfen ist,
da blüht ja stets der Weizen der Reaktion. Herzog Georg that
nach Kräften das Seine; er hoffte, den von Luther bezauberten
Fürsten, vor allen seinem Schwiegersohne, dem jugendlichen Land=
grafen Philipp von Hessen, die Augen öffnen, er hoffte, die der
alten Kirche treu gebliebenen Fürsten zu einem Bündnis ver=
einigen zu können, durch das man „die Wurzeln dieses Aufruhrs,
die verdammte lutherische Sekte", ausrotten könnte.[121] Emser
aber machte sich daran, jetzt dem deutschen Volke ein Licht aufzu=
stecken. Damit es recht wirksam geschähe, bediente er sich nicht
nur der Muttersprache, sondern auch der gebundenen Rede. So
erschien 1525 seine Flugschrift folgenden Titels:

> Ter Bock tritt frei auf ben Plan,
> Hat wiber Ehren nie gethan,
> Wie sehr sie ihn gescholten han.
> Was aber Luther für ein Mann
> Und welch ein Spiel gefangen an
> Und nun ben Mantel wenden kann,
> Nach bem ber Wind thut einher gahn,
> Findst bu in biesem Büchlein stahn.[122]

Lauschen wir ein wenig der Mahnrede, die Emser hier dem
deutschen Volke hält.

4*

Hört zu, ihr Deutschen, und schaut an,
Das ist Luther, der fromme Mann,
Euer Prophete und Abgott
Um des willen ihr Gott's Gebot
Und aller seiner Heiligen Ehr
Dazu der christlich Kirchen Lehr,
Alt' selig' Ordination
Verachtet habt und abgethon;
Sein Wort für Gottes Wort gehalten,
Kommuniziert in zwei Gestalten
Und wider euer Eid und Pflicht
Eure Obrigkeit gar vernicht't;
Allen Gehorsam abgeworfen
In Städten, Märkten und in Dorfen
Zusammen g'laufen wie die Schwein,
Manch schön Gebäud gerissen ein,
Klöster, Kirchen und Gotteshäuser;
Mönch', Pfaffen, Nonnen und Karthäuser
Verjagt, geraubet und geplündert
Und Gottes Dienst und Ehr verhindert,
Der Heiligen Bild zu Stück gehauen,
Die Mutter Gott's und zart Jungfrauen
Gottslästerlich und unbescheiden
Vergleicht den alten Bademaiden;
Die Fürsten, die euch widerstanden,
Gescholten und genannt Thrannen,
Dem Adel ihre Schloss' belägert,
Ihre Zins, Rent' und Dienst gewägert
Und euch wider sie aufgebürstet,
Als die nach Unglück hat gedürstet;
Manch Burg verwüst't in deutschen Landen,
Die vor dem Türken wohl wär' b'standen.
Das ist das Evangelion,
Das ihr von Luthern gelernet hon,
Der euch hat bracht in alle Not,
Jetzt euer dazu lacht und spott't,
Den Kopf thut ziehen aus der Schlingen,
So er den Harnisch höret klingen,
Und will das auf den Teufel legen,
Das er doch selbst hat thon erregen.
Hätt' Luther nie kein Buch geschrieben,
Deutschland wär' wohl zu Fried geblieben!

Wem käme bei solchen Versen nicht Schillers berühmte
Kapuzinerpredigt in den Sinn? Und gewiß waren Emsers Worte

ebenso ernst und ehrlich gemeint wie die des Bußpredigers in „Wallensteins Lager". Hören wir dem Prediger noch ein wenig weiter zu:

> Gott läßt die Sach' nicht ungestraft
> Und giebt den Fürsten Sieg und Kraft,
> Sein' und seiner Heiligen Ehr,
> Dazu der Kirchen alte Lehr
> Zu schützen und darum zu kämpfen
> Und alle Ketzerei zu dämpfen,
> Die Luther aus der Gans [Huß] hat g'sogen.
> Den Münzer hat sein Geist betrogen.
> Der ist nun hin und aufgeflogen!
> Sie haben beid' gut Ding gelogen,
> Thomas, der jetzt genannte Geister,
> Und Luther, aller Lügen Meister,
> Das christlich Volk schändlich verführt,
> Derhalb ihn'n gleicher Lohn gebührt
> Mit Zwingli, Strauß und Karolstadt
> Und wer mit ihn'n geschwärmet hat.
> Den soll man ihnen nit verhalten,
> Sondern die Sach' Gott lassen walten.

Doch er gießt nicht nur über Luther die Zornesschalen aus, sondern er wird auch zum Bußprediger, der allen Ständen bei dieser Gelegenheit ihre Verschuldungen vor Augen rückt. Denn freilich eine gründliche „Reformation" ist ihnen allen not.

> Wir hon zu weit hinüber g'hauen
> Beide, die Mann und auch die Frauen,
> Geistlich und weltlich, arm und reich,
> Edel, unedel, all zugleich
> Keiner sein Stand gehalten recht,
> Gott sehr erzürnet und verschmächt,
> Ein'n guten Schilling wohl verschuld't,
> Uns mißgebraucht seiner Geduld.
> Darum will er nit länger schlafen,
> Sondern ein'n mit dem andern strafen,
> Groß und klein, niemand ausgenommen.
> Die Zeit ist hie, die Stund ist kommen.
> Drum schickt euch nu gedulbig drein,
> Es kann und mag nicht anders sein.
> Wir müssen all zugleich bezahlen
> Und trinken aus des Zornes Schalen,

Davon Johannes hat geschrieben.
Wir hon die Sach zu wild getrieben.
An Pfaffen fing es erstlich an,
Die Hefe bleibt dem g'meinen Mann!
Die werden nun so lang rumoren,
Bis daß sie alle Ding umkehren
Und einander selbst auch verderben
Zu schaden ihn'n und ihren Erben.
Und also wird es gehn auf Erden
So lang, bis daß wir frömmer werden
Und allen Mißbrauch übergeben,
Gott helf uns, daß wir das erleben!

Man sieht aus diesen Schlußworten, daß dem Dichter während seiner Arbeit die Hoffnung auf den großen Eindruck, den seine Predigt machen sollte, stark herabgestimmt ist; denn wie in einem großen Seufzer klingt sein Lied aus.

Einen andern Ton schlägt er an, um seiner Entrüstung über des Wittenberger Mönches Hochzeit Luft zu machen. In lateinischen Versen schüttet er hier seinen Spott aus; denn Luthers Evangelium hat sich nun unzweideutig als die Botschaft zügelloser Fleischesfreiheit enthüllt. Eine tiefere Betrachtung ist ihm nicht möglich, auch daß er selbst unter dem Cölibatsjoche geseufzt und daß sein Fleisch ihn oft innerlich schwer versucht und äußerlich zu Falle gebracht hatte, das hat er völlig vergessen. Den ehrwürdigen Sequenzenton schlägt er an, um Luthers Jünger bekennen zulassen, daß ihr Lehrer jeden Frevel ihnen gestatte: kein Recht, kein Gesetz gilt mehr, Kaiser und Papst dürfen ohne Scheu geschändet werden; Christi Heilige dürfen verspottet, ihre Bilder zerbrochen werden. Als die neuen Heiligen sind jetzt Priapus und Silen, Bacchus und Venus erhoben:

Diese Herrn aus alten Zeiten,
Unter deren Fahn' wir streiten,
Sind Patrone unserm Bund.
Wir erbrechen Klosterthüren,
Kirchengut, das muß spazieren
Uns in Beutel und in Schlund.
Kutte, Kappe ausgezogen,
Prior, Abt, bleibt uns gewogen,
Der Gehorsam ist vorbei!

> Weg Gelübb', Gebet und Horen!
> Ohne Scheu und unverfroren, —
> Vom Gewissen sind wir frei![122]

Ein recht feines Lied (satis elegans) nennt Cochläus noch nach mehr als 20 Jahren dies „Hochzeitslied" Emsers, sei er doch überhaupt ein Mann von anmutigem Ingenium (amoeni vir ingenii) gewesen. Und fröhlich erinnert er daran, daß Emser auch einen vierstimmigen Satz diesem Liede beigefügt habe, so daß glaubenstreue Katholiken es zu größerer Ehre Gottes auch gleich in vollem Chore anstimmen konnten. Wir aber denken daran, daß derselbe Emser, der in Luthers Ehe den Anbruch einer neuen Herrschaft der Venus erblickt, ein Jahr darauf — noch als alternder Mann, — mit der ihm eigenen Offenherzigkeit folgendes Selbstbekenntnis unter der Aufschrift: „Beichte nach dem Fall" veröffentlichte:

> Wieder von Unzucht befleckt kehrt meine Seele zu dir sich,
>   Gott, denn es treibt sie die Scham über ihr Irren zu dir.
> Offnes Bekenntnis sie bringt, drum wagt sie Verzeihung zu hoffen,
>   Ob sie, die thörichte, gleich oft dich, Erhabner, verletzt.
> Stille, mein Vater, du Hehrer, du mildester Schöpfer, des Zornes
>   Strenges Gericht und verzeih, daß ich so schwer dich gekränkt!

Und in derselben Schrift, die diese rührende Selbstanklage enthält, rühmt er in einer Aufzählung der tapfren katholischen Streiter wider Luther von seinem Freunde Cochläus, dieser habe außer durch Gelehrsamkeit auch noch durch einen unbescholtenen Lebenswandel sich ausgezeichnet, und fügt wie mit einem Seufzer hinzu: „o welche seltene Gnade!"[123]

Luther schwieg auf alle diese Provokationen Emsers; aber sein Schweigen reizte diesen nur um so mehr, neue Gelegenheiten zu suchen, um vor ihm zu warnen und Zeugnis abzulegen. Bot sich nicht direkter Anlaß in einer neuen Arbeit des Wittenbergers selbst, so war doch Gelegenheit gegeben, als Uebersetzer oder Herausgeber der Schriften anderer gegen Luther diesen Kampf fortzuführen. Solche bot sich jetzt durch Erasmus dar. Schon längst hatte man am Dresdner Hofe darauf gewartet, daß der gefeierte Gelehrte zu offenem Kampf gegen Luther vorgehen werde. Man schmeichelte seiner Eitelkeit, man drängte ihn auch wieder in einer ihn fast

beleidigenden Weise. Als er im September 1524 endlich gegen
Luther seine Schrift „Vom freien Willen" aussandte, da fertigte
Emser eine deutsche Uebersetzung von ihr an — so berichtet
wenigstens Cochläus[124] —; auch übersetzte er seine Paraphrase des
Johannes=Evangeliums (etwa Neujahr 1525).[125] Endlich nach
Ablauf von mehr als Jahresfrist antwortete Luther mit seiner
Gegenschrift „Vom geknechteten Willen". Nun wartete man wieder
ungeduldig auf die Entgegnung, die Erasmus schreiben würde.
Im April 1526 erschien sein Hyperaspistes, der „Schild", den
er schützend über seine Abhandlung vom freien Willen breitete,
— aber freilich nur ein erster Teil. Alsbald besorgte Emser
eine deutsche Ausgabe: „Schirm= und Schutzbüchlein der Diatribe
wider M. Luthers knechtlichen Willen", drängte aber auch brieflich
bei ihm auf Vollendung dieser Streitschrift, — er machte sich ja
verdächtig, wenn er den Streit abbrach und nicht zu Ende
führte![126]

Aber zu der Freude, Erasmus nun im Kampf mit Luther zu
sehen, gesellte sich die andre, daß Emser die Demütigung, die diesem
durch König Heinrich VIII. widerfahren war, der Welt bekannt
machen konnte. Auf Anraten der Freunde hatte Luther am
1. September 1525 auf die Nachricht hin, daß dieser seine feindliche
Stellung zur Reformation geändert habe, in einem unglücklichen
Briefe den Unwillen gegen seine Person durch demütige Abbitte
bei dem Könige beseitigen wollen: er hatte sich selbst weggeworfen
und dabei in dem Verständnis des Britten für einen solchen
Schritt der Selbstverleugnung sich arg verrechnet. In schneidendem
Spott antwortete ihm der stolze König erst nach Monaten in
ausführlicher Erwiderung, die ihn als Ketzer, Nonnenverführer,
Verursacher des Bauernkrieges und Volksverderber zu brandmarken
suchte. Auch schickte er ihm die Antwort nicht direkt, sondern
sandte sie an Herzog Georg, der sie ihm mit sarkastischem Begleitbrief
zustellte (21. September 1526). Vermutlich hatte Heinrich den
von ihm in London besorgten Druck beider Schriftstücke gesandt,
und nun besorgte Emser sofort in Dresden eine neue Druckausgabe,
bei der er auf dem Titel Luthers Brief mit den Worten charakterisierte:
„Luthers Brief, in dem er um Verzeihung bittet für die Worte,
die er zuvor in Thorheit und Uebereilung gegen den König aus=

gestoßen, und sich erbietet Widerruf zu leisten."¹²⁷ Diesen Dresdner Druck scheint Georg an Luther gesendet zu haben. Luther, der sonst in dieser verdrießlichen Sache gern geschwiegen hätte, sah sich durch diese Inhaltsangabe seines Briefes, die ja so gedeutet werden konnte, als ob er seine Lehre habe widerrufen, nicht nur die persönlichen Kränkungen seinem fürstlichen Gegner abbitten wollen, zu einer Erwiderung gezwungen. Das ging ja nicht an seine Person, sondern an seine Lehre; erstere konnte schweigen und leiden, diese aber mußte schreien und sich wehren. Seine Antwort lautete daher: „Auf des Königs zu England Lästerschrift Titel".¹²⁸ Darin lag nun aber wieder für Emser genügende Legitimation zu einer Gegenschrift. Er verfaßte sein „Bekenntniß, daß er den Titel auf Luthers Sendbrief an den König zu England gemacht, und daß ihm Luther den verkehrt und zu mild gedeutet hat."¹²⁹ Luther habe auf des Königs Brief nichts zu erwidern gewußt, daher reibe er sich nun an dem Titel, er wolle lieber mit den Böcken, als mit den Bären und Löwen streiten. Er bekennt daher offen, daß er der Verfasser dieses Titels gewesen ist, er habe aber auch gar nicht von einem Widerruf seiner Lehre geredet, sondern nur, daß er sich erbiete, die dem König zugefügten Beleidigungen zu widerrufen. In der That hatte er in der deutschen Ausgabe diesen Sinn klar ausgedrückt, in der lateinischen Ausgabe konnte der Sinn zweifelhaft sein; doch stammte der Ausdruck, wie Emser jetzt mit Recht geltend machte, aus Luthers Briefe selbst, und dieser hatte daher kein Recht, ihn hier anders zu deuten, als er selbst ihn dem König gegenüber gebraucht hatte. Er habe auch nie geglaubt, daß der König bei Luther erreichen werde, was Papst und Kaiser vergeblich versucht, ihn zum Widerruf seiner Lehre zu bewegen. Wenn das Salz einmal dumm, d. h. wenn ein Gelehrter zu einem Ketzer wird, dann muß es hinausgeworfen und mit den Füßen getreten werden. Ein gröberes und unsinnigeres Buch habe Luther daher noch nie geschrieben.¹³⁰

Unermüdlich hatte sich Emser mit seinen Gegenschriften an Luthers Fersen geheftet; trotzdem daß dieser seit 1521 ihn konsequent mit schweigender Nichtachtung strafte, hat er seinen Kampf unverdrossen fortgesetzt. In steigender Bitterkeit äußert sich sein

Haß gegen ihn. Da Luther ihm selbst nicht mehr antwortet, so will er wenigstens die deutsche Nation vor ihm gewarnt, ihr die Augen geöffnet haben. War Luther wirklich so gleichgiltig gegen diese Angriffe, wie er nach seinem Schweigen erscheinen mußte? Gewiß ist er nicht unempfindlich dagegen gewesen, und grade Emsers Art, die für eine Verständigung auf dem Boden der Heiligen Schrift so gar keine Aussicht bot, aber immer gehässiger in ihren Anklagen und im Verlästern Wittenbergs wurde, hat dazu beige= tragen, auch Luthers Ton immer schärfer, seine Sprache gegen seine katholischen Gegner immer verletzender zu machen.[131]

Doch ein wichtiges Kapitel aus Emsers Arbeit gegen Luther bedarf noch einer besonderen Betrachtung.

V. Kapitel.

Das Neue Testament Emsers.

Am 21. September 1522 war Luthers Uebersetzung des Neuen Testamentes im Druck vollendet und begann ihren Sieges= lauf. Begierig griff das christliche Volk aller Stände danach, und es trat bald der Zustand ein, über den Cochläus bittere Klage führt, daß im Streitgespräch lutherische Laien die Schrift reichlicher und sicherer zu zitieren wußten, als katholische Priester und Mönche.[132] Wie in der Mark, in Oesterreich und in Baiern sah auch Herzog Georg sich alsbald veranlaßt, gegen das Eindringen dieses gefährlichen Buches seine Unterthanen zu schützen. Schon am 7. November ließ er ein Gebot ausgehen, daß bis Weihnachten alle im Herzogtum bereits gekauften Exemplare des Neuen Testa= ments gegen Erstattung des Kaufpreises an seine Amtleute ab= geliefert werden sollten. Auf sein Drängen mußte sein Bruder Heinrich in Freiberg das Gleiche verordnen. Groß war der Erfolg dieser Maßregel grade nicht, aber doch wurden in Meißen und Leipzig einige Exemplare auf diese Weise konfisziert. Gleichzeitig war an die theologische Fakultät in Leipzig der Befehl ergangen, Luthers Uebersetzung zu prüfen und ihr Gutachten über ihren Wert abzugeben. Sie teilten unter sich diese Aufgabe, jeder

„überlas" seinen Teil, und sie fanden dabei einträchtig (6. Jan. 1523), daß er seine irrige Lehre hineingemischt habe, seine Dolmetschung daher nicht recht und wahrhaftig wäre; aber wenn selbst diese unanstößig wäre, so wären doch seine Vorreden und Glossen angefüllt mit seiner verdächtigen und längst verdammten Lehre. Darum sei das herzogliche Verbot des Verkaufs dieses Neuen Testaments sehr gerechtfertigt. Das Verzeichnis seiner Verfäl= schungen und der Unrichtigkeiten in den Glossen versprachen sie bald nachzuliefern. Aber auch Emser erhielt vom Herzog Auftrag, sich an die Prüfung der Arbeit Luthers zu begeben, und so händigte ihm am 9. Januar der Meißner Schösser eins der konfiszierten Exemplare zu diesem Zwecke ein.[133] Aus dieser Prüfung erwuchs ihm eine größere Schrift, die er am 21. Sep= tember 1523 — genau ein Jahr nach dem Erscheinen des Lutherschen Werkes — vollendet hatte, unter dem Titel: „Aus was Grund und Ursach Luthers Dolmetschung über das Neue Testament dem gemeinen Mann billig verboten worden sei. Mit scheinbarlicher Anzeigung, wie, wo und an welchen Stellen Luther den Text verkehrt und ungetreulich gehandelt oder mit falschen Glossen und Vorreden aus der alten christlichen Bahn auf seinen Vorteil und Wahn geführt habe."[134]

Er hat auf diese Arbeit große Mühe verwendet. Zwar be= ginnt er auch hier wieder als „Versifex". Seinem Bockwappen (Titelrückseite) hat er diesmal folgende deutsche Verse beigefügt:

> Fahr hin, mein Bock, in Gott's Geleit,
> Laß dir die Reis' nit wesen leid.
> Förcht dich nit vor des Teufels Kindern,
> Dich mag ihr Schelten nit verhindern.
> Kommst aber zu ei'm Christenmann,
> Dem sag mein' Grüß' und Dienst' voran,
> Sag, wie ich ihn durch Gott ermahn,
> Daß er im Glauben fest woll stahn.
> Gott wird die Seinen nit verlan,
> Sankt Peters Schiff nit untergahn,
> Ob's gleich ein' Zeit Geduld muß han.
> Allbe!*) nu mach dich auf die Bahn!

---

*) Abieu! nach dem italienischen al dio (addio).

Es sei, so sagt er in der Vorrede, viel darüber räsonniert
worden, daß man Luthers Neues Testament dem gemeinen Mann
verboten habe. Aber, abgesehen davon, daß schon längst beide
Häupter der Christenheit, Papst und Kaiser, Luthers Bücher zu
unterdrücken geboten, so habe ja grade Luther jedem, „der aus
der Taufe gekrochen", das Recht beigelegt, über Glaubenssachen
zu urteilen, und gelehrt, daß auch die Geistlichen dem Schwert
der weltlichen Obrigkeit unterworfen seien. Also solle man sich
doch nicht wundern, wenn nun christliche Obrigkeiten „zu
Ehren, Schutz und Handhabung des wahrhaftigen Evangeliums"
sein mit etwa „1400 ketzerlichen Irrtümern und Lügen" behaftetes
Neues Testament verboten hätten.[134a] Es sei nur ein neuer
Widerspruch Luthers mit sich selbst, wenn er jetzt schreibe, die
Obrigkeit habe kein Recht, dergleichen Bücher zu verbieten. Er
zielt damit gegen Luthers Schrift „Von weltlicher Obrigkeit, wie
weit man ihr Gehorsam schuldig sei" (vom 1. Januar 1523), in
der er das Verbot des Neuen Testaments als Tyrannei und
Machtüberschreitung der Obrigkeit bezeichnet und den Christen
in Herzogs Georg und anderer „Tyrannen" Landen den Rat
erteilt hatte, diesem Befehl, die Neuen Testamente auszuliefern,
passiven Widerstand entgegenzusetzen, d. h. die Bücher nicht selber
auszuliefern, sondern geduldig zu leiden, wenn man sie ihnen mit
Gewalt fortnehme. Freilich, wenn Emsers Anklage begründet
war, wenn dies Buch so voller Ketzereien und Verfälschungen
steckte, dann war Herzog Georg glänzend gerechtfertigt! Emser
fährt fort: es ist der Christenheit an einem reinen und unge=
fälschten Testament gelegen; wie sollten nun die Christen die
Arbeit eines offenbaren, erklärten Ketzers annehmen, der die
Approbation der Kirche fehlt und die dem Papst zum Verdrieß,
Schmach und Verletzung mit lästerlichen Figuren, Gemälden,
Worten und Deutungen, öffentlich ausgegangen ist? — er denkt
außer an einzelne Glossen Luthers an die Bilder zu Kap. 11,
16 und 17 der Offenbarung Johannis, die durch Anwendung der
dreifachen Krone deutliche Anspielungen auf den Papst enthielten.
Da ferner seit mehr als 1000 Jahren im Interesse der Gleich=
förmigkeit unter päpstlicher Bestätigung die lateinische Bibel des
Hieronymus Gültigkeit hat, Luther aber diesen „glaubwürdigen

Text der christlichen Kirche" vorsätzlich verkehrt, so kann seine Arbeit nicht zugelassen werden. Emser bringt nun zwar nicht 1400, aber doch eine beträchtliche Anzahl von Stellen zur Besprechung, an denen er Anstoß nimmt. Diese Ausstellungen gelten zum guten Teil Luthers Vorreden und Glossen; so sind z. B. beim Römerbrief 16 Blatt der Vorrede und nur 7 der Uebersetzung des Briefes gewidmet. Die Bemängelungen der Vorreden beweisen z. T. die Unfähigkeit Emsers, Luthers theologische Gedanken zu fassen. So bekrittelt er sofort den an der Spitze stehenden Satz Luthers, daß in den 4 „Evangelien", ja im ganzen N. T. das eine, einheitliche Evangelium Gottes uns gegeben sei, als wenn er damit ein fünftes Evangelium habe schaffen wollen. Er ist entrüstet, daß Luther das ganze N. T. als gute Botschaft bezeichnet und die damals herkömmliche Einteilung in gesetzliche, geschichtliche, prophetische und Weisheitsbücher verwirft; ob denn das N. T. nicht auch ein Gesetzbuch sei? Luthers prächtige Schilderung der frohen Botschaft „von dem rechten David, der mit Sünde, Tod und Teufel gestritten, die Sünder erlöst, gerecht, lebendig und selig gemacht hat, davon sie singen, danken, Gott loben und fröhlich sind ewiglich", nennt er eine „Affenfreude", die Luther dem einfältigen Volke mache, denn er verschweige ja, daß Christus neben der Forderung des Glaubens doch noch anderes seinen Jüngern „aufgelegt und eingebunden", und nur wenn sie das „bezahlen und ausrichten", empfangen sie das Erbe. Er gebärdet sich, als wolle Luther das Volk damit zu leichtfertigem „Tanzen, Singen und Springen", und zum Verharren in unbußfertigem Sündenleben verführen. Das Zentrum der Heilslehre Luthers ist ihm völlig dunkel geblieben, darum mäkelt er in dieser unverständigen Weise an den Gedanken der berühmten Vorrede weiter herum. Lassen wir also diesen Teil seiner Arbeit und sehen uns die Fälschungen in Luthers Uebersetzung an, die er seinen Lesern vorführt. Wir greifen den Galaterbrief heraus.

Er moniert mit Recht, daß 1, 1 die Worte „auch nicht durch einen Menschen" (durch ein Druckversehen) ausgefallen waren, ebenso in v. 10, daß in dem Satz „Predige ich jetzt den Menschen oder Gott zum Dienst?" das Wort „Gott" ausgelassen war. Es ist nur lächerlich, daß er hier nicht an Druckfehler denkt, sondern

von einem „huſſitiſchen Buch" fabelt, aus dem Luther hier
vermutlich überſetzt habe. Hatte doch ſchon die Dezemberbibel
(1522) letzteren Fehler beſeitigt.[135] 1, 8 ſoll ferner Luther „um
den Bann zu unterdrücken" das Anathema sit „gefälſcht" haben
mit ſeiner Ueberſetzung: „der ſei verflucht" anſtatt: „der ſei in
dem ſchwerſten Bann". Aber wie überſetzte denn Emſer ſelbſt
wenige Jahre danach? genau wie der „Fälſcher" Luther: „der ſei
verflucht", und nur als Randgloſſe ſetzte er hinzu: „der ſei im
höchſten Banne". In Kap. 2 weiß er nur zu beanſtanden, daß
Luther den Schlußſatz in V. 17 nicht als Frageſatz, ſondern als
Ausſageſatz faßt und daher überſetzt: ſo hätten wir von Chriſto
nicht mehr denn Sünde (dafür ſpäter [1534] wörtlicher: ſo wäre
Chriſtus ein Sündendiener). Noch immer ſchwankt übrigens die
Auslegung der Stelle zwiſchen beiden Faſſungen. Zu Kap. 3
findet er nichts zu erinnern; aber in 4, 4 folgt Luther wieder
ſeinem „huſſiſchen Buch", wenn er überſetzt: „geboren von einem
Weibe", da es doch heißen müſſe: „gemacht aus einem Weibe",
denn Paulus bekämpfe hier den Ketzer Eutychles (5. Jahrhundert!),
der da leugnete, daß Jeſus aus Marias Fleiſch und Blut ge=
macht worden ſei. Sodann „gefällt" ihm nicht, daß Luther
4, 18 überſetzt: „eifern iſt gut", obgleich er ein beſſeres Wort
nicht vorzuſchlagen weiß. In 4, 25 ſchilt er Luther, daß er der
Lesart ſeines griechiſchen Textes ſtatt „unſerm bewährten Text",
d. h. der lateiniſchen Bibel folgt.*) Ebenſo iſt der Vorwurf, den
er zu 5, 1 erhebt, nur der, daß Luther den griechiſchen Text dem
durch ganz andre Wortverbindung ſich unterſcheidenden lateiniſchen,
„unſerm glaubwürdigen Text", vorgezogen hat. In 5, 7 ſpielt er
abermals eine Lesart des lateiniſchen Textes, die aus der jetzigen
revidierten Vulgata ausgemerzt iſt, gegen Luthers beſſeren griechiſchen
Text aus.**) Mit etwas beſſerem Rechte verlangt er 5, 12 anſtatt
Luthers „wollte Gott, daß ſie auch ausgerottet wurden" die wört=
lichere Ueberſetzung „daß ſie auch abgeſchnitten würden"; was
Paulus damit in bitterem Sarkasmus meint, hat er freilich — wie

---

*) Erasmus 1516: τὸ γὰρ ἄγαρ σινᾶ ὄρος ἐστὶν ἐν τῇ Ἀραβίᾳ.
Vulg. 1475: Sina enim mons est in arabia.

**) Vulg. 1475: Nemini consenseritis. Persuasio haec etc. Erasm.:
μὴ πείθεσθαι; ἡ πεισμονὴ κτλ.

seine Erläuterung zeigt — nicht verstanden, obgleich er es bei seinem geliebten Hieronymus hätte lesen können. 5, 23 hat Luther am Schluß der Aufzählung der Früchte des Geistes nur „Sanftmut, Keuschheit", die latein. Bibel: „Sanftmut, Enthalt= samkeit, Keuschheit"; natürlich wollte ihm „Enthaltsamkeit" oder wie Emser später verdeutscht „Abbruch" nicht aus der Feder heraus: „denn bei ihm fasten und sich selbst kasteien oder ab= brechen kein gut Werk ist". Luther las aber in des Erasmus griechischem Testamente nur: πραότης ἐγκράτεια. Im 6. Kap. weiß er die Uebersetzung nicht anzutasten; er macht nur den Leser darauf aufmerksam, daß Luther zu den Worten „denn was der Mensch säet ꝛc." keine besondere Randbemerkung gemacht habe, denn diese Worte seien ihm „zu seiner Lehre nicht dienstlich." Dabei hat aber der scharfe Kritiker den wunderbaren Fehler übersehen, der in der „Septemberbibel" bei 5, 6 unbeachtet unter= gelaufen war, daß der Drucker aus dem „Glauben, der durch die Liebe thätig ist" eine „Liebe, die durch den Glauben thätig ist" gemacht hatte.

Uebersehen wir dies Register von Ausstellungen, was finden wir dann? Ein paar Druckfehler, sodann mehrfach den That= bestand, daß Emser der lateinischen, Luther der griechischen Text= rezension folgt; sodann daß er wörtlichere Wiedergabe fordert, als Luther nach seiner prinzipiellen Auffassung der Kunst des Uebersetzens für angezeigt hält. So oft er aber auch absichtliche Fälschungen wittert, einen stichhaltigen Beweis dafür kann er uns, die wir mit ruhigerem Blute, als er, prüfen, nicht beibringen.

Einer Ausstellung Emsers müssen wir hier noch speziell ge= denken. Den als Ave-Maria=Gebet so viel verwendeten Gruß des Engels an Maria Lukas 1, 28 hatte Luther übersetzt: „gegrüßet seist du, holdselige," während die Christen gewohnt waren „voll Gnaden" gemäß dem lateinischen Texte zu beten. Emser giebt zwar zu, daß das latein. gratia „zuweilen auch Huld heißt oder Gunst, die einer bei den Leuten hat", aber er schleudert hier den Vorwurf gegen Luther, diese Worte „auf gut buhlerisch" verdeutscht zu haben. Luther hat noch im Jahre 1530 in seinem „Sendbrief vom Dolmetschen" diese seine Uebersetzung ausführlich verteidigt [136] — es sei auch daran erinnert, daß Emser selbst den gleichen griechischen Ausdruck an einer andern Stelle anstandslos gleich Luther mit „angenehm machen," nicht mit „begnadigen" übersetzt hat (Eph. 1, 6); aber hier war es natürlich ein Frevel, da dadurch der wichtige Gedanke verloren ging, „daß die Gnaden, die Eva verschüttet hat, Maria uns wieder erholet". Lange aber, bevor Luther selbst sich hier verteidigte — übrigens wohl einer irrigen Deutung folgend, da thatsächlich Maria als die von Gott begnadete bezeichnet werden soll, — trat ein Andrer hier für ihn gegen Emser in die Schranken, der Augsburger Urban Rhegius, der am 15. Oktober 1524 die kleine Schrift: „Ob das Neue Testament jetzt recht verdeutscht sei?" dawider ausgehen ließ. Völlig zutreffend hob er an Luthers Arbeit hervor, daß sie dem Grundtext folge, daher weder mit der mittelalterlichen deutschen Bibel noch mit der lateinischen durchweg übereinstimmen könne. Aber er erkannte auch weiter den sprachlichen Vorzug an Luthers Art zu übersetzen. Jede Sprache habe ihre besondere Art; daher sei es verkehrt, Wort um Wort übersetzen zu wollen, es gelte vielmehr für Sinn und Gedanken den besten deutschen Ausdruck zu finden, und das sei Luthers Kunst. Dann nahm er Luthers „du holdselige" energisch gegen den Vorwurf in Schutz, als sei das zur Verkleinerung Marias geredet. Es bezeichne ja eine, „die viel Huld, Gunst und Gnad' bei den Leuten hat". Auch sei sie die „holdselige, sonderlich geliebte Magd Gottes, also auch voll Gnaden, aber nicht von ihr selbst, sondern aus Gütigkeit Gottes". Schließlich fordert er den Bekrittler Luthers heraus: „Ist Jemand so gelehrt, daß er's kann besser machen, der spare seinen Dienst nicht, verberge sein Pfund nicht, trete hervor, wir wollen ihn loben! Aber so lange schelte man nicht fremden Dienst, sondern sage Gott Dank, daß er seine ewige Wahrheit durch viele Sprachen der Welt öffnen will."[157] Und einen ganz ähnlichen Rat bekam Emser von dem alten, ihm jetzt freilich entfremdeten Freunde W. Pirkheimer zu hören, als er ihm dies sein Buch ankündigte: lieber wäre ihm, er schaffe Eignes, als daß er eines Andern Arbeit kritisiere; wie mangelhaft die bisher gebrauchte deutsche Bibel sei, könne ihm doch nicht verborgen sein; eine neue Uebersetzung — so setzt er mit einem Anflug von Ironie hinzu — werde ihm doch nicht mehr Mühe machen, als die Bemängelung der Worte Luthers. Er fordert ihn zur Kraftprobe heraus![138] Und wir begreifen, daß man in den katholischen Gebieten, die Luthers N. Testament verboten und konfiszierten, doch einsah, mit diesem Verfahren nicht auszukommen. Das Volk verlangte zu begierig nach der deutschen Bibel; die schwerfällige, veraltete, so oft unverständliche mittelalterliche Bibel konnte die Konkurrenz mit Luther nicht aufnehmen. Es half nichts, man mußte selber etwas schaffen und bieten. Hatte doch auch Emser selbst anerkennen müssen, daß Luthers Arbeit „etwas zierlicher und süßlautender" sei, als die alte Uebersetzung, „derhalben auch das gemeine Volk mehr Lust hat, darinnen zu lesen und unter den süßen Worten die Angel schluckt, ehe sie des gewahr werden". Daher hatte er sein Buch mit der Bitte an die deutschen Bischöfe geschlossen, „sie wollten ihnen das Geld nicht zu lieb sein lassen und doch um Gottes Ehre und ihrer Unterthanen Seligkeit willen .. einen oder zehn Gelehrte, erfahrne und gottesfürchtige Männer, zusammen berufen und verordnen, daß aus der alten und neuen Translation eine glaubwürdige, beständige und gleichlautende deutsche Bibel gedruckt werde, und alsdann Luthers beide Testamente zu einem roten Haufen machen" (verbrennen), wie er selbst es mit dem kanonischen Recht 1520 gethan.[139]

Doch die deutschen Bischöfe nahmen sich der Sache nicht an; Luthers Bibel aber erschien in immer neuen Auflagen — man zählt von 1522—1533 c. 85 Auflagen des N. Testaments — und Herzog Georg empfand es peinlich, daß er durch sein Verbot der Lutherschen Uebersetzung vor seinen Unterthanen in den Verdacht geriet, „dem wahrhaftigen Evangelio und Wort Gottes entgegen zu sein oder, das zu lesen, verhindern zu wollen." So beauftragte er den Kritiker des Lutherschen N. Testamentes, „daß er diese Mühe jetzt auf sich laden und das N. T. seines höchsten Fleißes und Vermögens, nach Ordnung und Laut des bewährten alten Textes von neuem emendieren, allenthalben restituieren und wieder zurecht bringen" sollte. Mit Einführungsbericht Herzog Georgs (Dresden 1. August 1527) erschien diese letzte Arbeit Emsers: „Das Neue Testament nach Laut der Christlichen Kirche bewährtem Text korrigiert und wiederum zurecht gebracht." Es war ein stattlicher Foliobad, in der äußeren Ausstattung den Folio-Ausgaben

des Lutherschen N. T. ganz ähnlich: auch gleich diesen mit Rand=
glossen und mit Vorreden (teils nach Hieronymus, teils kurzen
„Argumenten" der einzelnen Briefe) versehen. Die Reihenfolge
der Bücher ist die der Vulgata, so daß auf die Evangelien und
die Apostelgeschichte die paulinischen Briefe folgen, denen als letzter
die „Epistel Pauli" an die Hebräer angeschlossen ist; dann folgen
Jakobus, die Briefe Petri, Johannis, Judae und die Offenbarung.
(Der apokryphe Laodiceerbrief, den die mittelalterlichen hochdeutschen
Bibeldrucke gehabt hatten, ist bei Emser ausgeschieden.) Waren
Luthers Folio=Ausgaben des N. T. (1522 und 1524) mit Bildern
zur Offenbarung aus Cranachs Werkstätte geschmückt, nach dem
Vorgang der Kölner Bibel von c. 1480 und der Nürnberger von
1483, die auch grade die Offenbarung mit reichem Bilderschmuck aus=
gestattet hatten (vgl. auch A. Dürers „Offenbarung" 1498), so
suchte auch Emser sich diesen Schmuck für sein Konkurrenzwerk
zu verschaffen. Im Auftrag Herzog Georgs schrieb er an Cranach
und kaufte ihm die Holztafeln seiner Bilder für 40 Thlr. ab. So
erschien also Emsers Bibel mit denselben Bildern zur Apokalypse
wie die Luthersche;*) nur beim 6. und 7. Kap. waren die beiden
Cranachschen Bilder (die Sterne fallen vom Himmel und die
Zeichnung oder Versiegelung der Erlösten), wohl weil die Holz=
stöcke Schaden gelitten hatten, durch kleinere und minderwertige
Nachahmungen ersetzt, die gleich dem Titelbilde von Cranachs
Schüler Gottfried Leigel neu dafür geschnitten wurden. Zwar
waren nun auf diesen Bildern nicht mehr, wie in Luthers September=
bibel, das Thier aus dem Abgrund, der Drache und die babylonische
H . . . mit der päpstlichen dreifachen Krone geschmückt — denn
schon für die Dezemberbibel hatte Cranach, wohl um dem N. T.
die Verbreitung auch in katholischen Gebieten zu erleichtern, die
dreifache Krone beseitigt, resp. in eine einfache umgeändert;[141] aber
geblieben war, daß beim 14. Kap. Babylon als Rom abgebildet
und daher zu sehen war, wie die Engelsburg, St. Peter, das
Belvedere und S. Maria Rotunda einstürzen, und beim 18. Kap.,
wie dieselben Gebäude in Flammen aufgehen, Bilder, die Anno

---

*) Dem entsprechend haben die späteren Wittenberger Ausgaben fortan
anderer Bilder zur Offenbarung.

1527 durch die soeben geschehene Erstürmung Roms durch die Kaiserlichen und den schrecklichen Sacco di Roma ein besonders aktuelles Interesse gewannen. Das nahm man in Dresden in Kauf, um den Wettkampf mit Luther aufnehmen zu können.[142]

Wie stand es nun aber mit der Uebersetzung selbst? Hatte Emser schon bei seinem Vorschlag, daß die Bischöfe eine Gelehrtenkommission hiefür einsetzen möchten, nicht an eine neue selbständige Uebersetzung gedacht, sondern nur an eine Arbeit, die „aus der alten und neuen Translation" unter Zugrundelegung der Vulgata einen Text herstellen sollte, so wäre es unbillig, von ihm selbst zu erwarten, daß er mehr leisten sollte. Er hat nie den Anspruch erhoben, eine völlig neue Arbeit zu liefern, vielmehr nahm er Luthers Uebersetzung und korrigierte, wo er Abweichungen vom VulgataText fand, so weit es thunlich war, wörtlich den Text der mittelalterlichen Bibel hinein; nur wo ihn dieser wegen veralteter Sprachform oder wegen ungeschickter Uebersetzung im Stiche ließ, wagte er Eignes in möglichst wörtlicher Verdeutschung zu bieten. Folgende Proben — ein leichter geschichtlicher Text, eine dogmatisch abweichendes Verständnis aufweisende und eine durch ihren schwierigen Satzbau interessante Stelle sind dafür ausgewählt — zeigen deutlich sein Verfahren. Wir geben links den Text der SeptemberBibel Luthers, rechts den der ersten Emserschen Ausgabe; verglichen sind des Erasmus griechisches Testament (Basel 1516), die Vulgata (Nürnberg 1475), die 9. mittelalterliche Bibel (Nürnberg 1483; abgekürzt MAB.). Den Text haben wir orthographisch der heutigen Schreibweise genähert.

Luther.	Joh. 2, 1—11.	Emser.
Und am dritten Tage ward eine Hochzeit zu Cana in Galilea, und die Mutter Jesu war da, Jesus aber und seine Junger warden auch auf die Hochzeit geladen. Und da es an Wein geprach, spricht die Mutter Jesu zu ihm: sie haben kein Wein. Jesus spricht zu ihr: Weib, was habe ich mit dir zu schaffen? meine		Und am dritten Tag ward ein Hochzeit zu Cana in Galilea, und die Mutter Jesu war da, Jesus aber und seine Jünger warden auch auf die Hochzeit geladen. Und do es an Wein geprach, sprach[1]) die Mutter Jesu zu ihm: Sie haben nit[2] Wein. Jesus sagt zu ihr: Weib, was hab ich mit dir?[3]) mein Stund ist noch

---

[1]) Gegen Griech. und Lat. nach der MAB. „sprach".   [2]) MAB.

[3]) MAB: „was ist dir und mir?"

Luther.   Joh. 2, 1—11.   Emser.

Stund ist noch nit komen. Seine Mutter spricht zu den Dienern: Was er euch saget, das thut. Es waren aber allda sechs steinern Wasserkruge, gesetzt nach der Weis der judischen Reinigung, und gieng in je einen zwei odder drei Maß.

Jesus spricht zu ihn: fullet die Wasserkruge mit Wasser, und sie fulleten sie bis oben an. Und er spricht zu ihnen: schepfet nu und bringets dem Speißemeister, und sie brachtens. Als aber der Speisemeister kostet den Wein, der Wasser gewesen war, und wuste nicht, von wannen er kam, die Diener aber wustens, die das Wasser geschepft hatten, ruffet der Speisemeister dem Breutigam und spricht zu ihm: Jederman gibt zum ersten den gutten Wein, und wenn sie trunken worden sind, alsdenn den geringern. Du hast den gutten Wein bis her behalten.

Das ist das erste Zeichen, das Jesus thet, geschehen zu Cana in Galilea, und offinbarte seine Herlickeit, und seine Junger gleubten an ihn.

nit komen. Do sprach[1]) sein Mutter zu den Dienern: Was er euch saget, das thut. Es waren aber allda sechs steinern Wasserkrüge, gesetzt nach der Weis der jüdischen Reinigung, deren itzlicher fassete[2]) zwu odder drei Maß.

Jesus sprach[3]) zu ihn: Füllet die Krüge[4]) mit Wasser. Und sie fülleten sie bis oben an. Und er sprach[5]) zu ihnen: Schepfet nu und bringets dem Speißmeister, und sie brachtens. Als aber der Speißmeister kostet den Wein, der Wasser gewesen war, und wuste nicht, von wannen er kam, die Diener aber wustens, die das Wasser geschepft hatten, rufft der Speißmeister dem Breutigam und sprach[6]) zu ihm: Jederman gibt zum örsten den gutten Wein, und wenn sie trunken worden sind, alsdenn den geringsten.[7]) Du aber[8]) hast den gutten Wein behalten bis hieher.[9])

Das ist das erste Zeichen, das Jesus thet[10]), zu Cana in Galilea, und offenbart sein Herlickeit, und seine Jünger gleubten an ihn.

Röm. 3, 13—28.

Denn es ist hie kein Unterscheid, sie sind alle zumal Sunder und mangeln des Preises, den Gott an ihn haben solt, und werden on Verdienst gerechtfertiget aus seiner Gnad, durch die Erlosung, so durch

Denn hie ist kein Underscheid, sie haben allzumal gesundiget[11]) und bedörfen der Glorien Gottes[12]) und werden umbsust[13]) gerechtfertiget, aus seiner Gnad, durch die Erlösung, so durch Jesum Christum[14]) geschehen

---

¹) Gegen Griech. u. Lat. nach MAB.   ²) Nach MAB.: „der jeglicher beschloß..“   ³) MAB.   ⁴) MAB.   ⁵) MAB.
⁶) MAB.   ⁷) Gegen Griech. Lat. MAB. („den, der da ist ärger“.)
⁸) Nach MAB.   ⁹) Diese Wortstellung nach MAB.: „unz daher“.
¹⁰) „Geschehen“ fortgelassen nach Griech. Lat. MAB.
¹¹) Nach Griech. Lat. MAB.   ¹²) Lat. egent; MAB. „und bedorften der glori Gots.“   ¹³) Nach Lat. gratis, MAB. „vergebens“.   ¹¹) Nach MAB.; Griech. u. Lat. haben Christ. Jes.

Chriſto geſchehen iſt, wilchen Gott hat fürgeſtellet zu einem Gnabeſtuel, durch den Glauben in ſeinem Blut, damit er die Gerechtickeit, bie fur ihm gilt, beweiſe, in bem, baß er vergibt bie Sunb, bie zuvor ſinb geſchehen unter gotlicher Gebult, bie er trug, baß er zu bieſen Zeiten beweiſete bie Gerechtickeit, die fur ihm gilt, auf baß er alleine gerecht ſei unb rechtfertige ben, der ba iſt des Glaubens an Jeſu.

Wo iſt benn nu bein Ruhm? er iſt außgeſchloſſen. Durch wilch Ge-ſetz? Durch der Werk Geſetz? Nicht alſo, ſonbern burch des Glaubens Geſetz.

So halten wir's nu, baß der Menſch gerechtfertiget werde, on Zu-thun der Werk bes Geſetzs, allein burch ben Glauben.

iſt, wölchen Gott hat fürgeſtellet zu einem Verſuner,[1]) durch den Glauben in ſeinem Blut, zu Be-weiſung ſeiner Gerechtickeit,[2]) in bem, baß er vergibt bie Sunde, bie zubor ſinb geſchehen unber götlicher Gebult, bie er trug, baß er zu bieſen Zeiten beweiſete ſein Gerech-tickeit,[3]) auf baß er[4]) gerecht ſei unb rechtfertige ben, der ba iſt bes Glaubens an Jeſum Chriſtum.[5]) Wo iſt benn nu bein Ruhm? er iſt außgeſchloſſen. Durch wölch Ge-ſetz? Durch bas Geſetz der Werk? Nicht alſo,[6]) burch bas Geſetz bes Glaubens. Dann[7]) wir halten ba-für, baß der Menſch gerechtfertiget werbe durch ben Glauben, one bie Werk bes Geſetzs.[8])

Anmerkungen Emſers: Durch bie Werke bes Geſetzes meint Paulus nicht bie guten Werke, als Gott lieben, Almoſen geben, Keuſchheit, Gebulb unb bgl., ſonbern bie Beſchneibung, Bocksblut, Schaſopfer ober Rinber-opfer unb bgl., jüdiſche Werke unb Cerimonien, bie im Evangelio aufge-hoben unb niemanb mehr rechtfertigen mögen. Unb alſo verſtehe S. Pauls Wort, ſo oft er redet von ben Werken bes Geſetzes.

Ohne bie Werke bes Geſetzes: Damit ſagt aber Paulus nicht, baß der Menſch auch ſelig werde durch ben Glauben allein, unb ohne gute Werke, ſonbern wohl ohne bie Werke bes Geſetzes, b. i. ohne bie äußer-liche Beſchneibung unb anbere jübiſche Cerimonien, barauf bie Juben all ihr Tatum geſetzt hatten.

---

[1]) Nach Lat. propiciatorem unb MAB.
[2]) Nach Griech. Lat. MAB. „zu der erzeigung ſeiner Gerechtigkeit".
[3]) Nach Griech. Lat. MAB.
[4]) „allein" fortgelaſſen nach Griech. Lat. MAB.
[5]) „Chr." zugeſetzt nach Lat. unb MAB.
[6]) „ſonbern" fehlt gegen Griech. Lat. MAB.
[7]) Nach Lat. unb MAB.
[8]) Wortſtellung unb Streichung bes „allein" nach Griech. Lat. MAB.

Luther.　　Phil. 2, 5—11.　　Emſer.

Ein jeglicher ſei geſinnet, wie Jeſus Chriſtus auch war, wilcher, ob er wol in gotlicher Geſtalt war, hat er's nicht ein Raub geachtet, Gotte gleich ſein, ſondern hat ſich ſelbs geeuſſert und die Geſtalt eines Knechts angenomen, iſt worden gleich wie ein ander Menſch und an Geperden als ein Menſch erfunden, hat ſich ſelb ernibriget und iſt gehorſam wurden bis zum Tode, ja zum Tod am Creutz. Darumb hat ihn auch Gott erhohet, und hat ihm einen Namen geben, der uber alle Namen iſt, das in dem Namen Jeſu ſich beygen ſollen alle der Knie, die im Himel und auf Erben und unter der Erben ſind, und alle Zungen bekennen ſollen, das Jeſus Chriſtus der Herr ſei, zum Preis Gottis des Vaters.

Denn das ſolt ihr in euch fülen, das ihr auch in Chriſto Jeſu fület.[1]) Wölcher, ob er wol in götlicher Geſtalt war, hat er's nicht ein Raub geachtet, Gotte gleich ſein, ſonder hat ſich ſelbs vernichtet,[2]) und die Geſtalt eines Knechts angenomen, iſt worden gleich wie ein ander Menſch, und im Wandel[3]) als ein Menſch erfunden, hat ſich ſelbs genibriget und iſt gehorſam worden bis zum Tod, nemlich zum Tode des Creutzes.[4]) Darumb hat ihn auch Gott erhöhet und hat ihm einen Namen geben, der uber alle Namen iſt, das in dem Namen Jeſu ſich biegen ſollen alle der Knie, die im Himmel und auf Erben und under der Erben ſint. Und alle Zungen bekennen ſollen, das der Herr Jeſus Chriſtus ſampt Gott dem Vatter in gleicher Ehr iſt.[5])

Anmerkung Emſers: Merke, daß auch die unter der Erde Chriſto die Knie biegen, das weder von den Teufeln noch den Verdammten verſtanden werden mag, und Not halben auf die im Fegfeuer lauten muß; wie dieſe Stelle die heiligen chriſtlichen Lehrer auslegen.

Dieſe Proben zeigen deutlich ſein Verfahren: es iſt eine Reviſion des Lutherſchen Textes nach der Vulgata und nach katholiſcher Schriftinterpretation. Dem griechiſchen Texte iſt nur die Berückſichtigung geſchenkt, daß in einer Reihe von Fällen am Rande auf ſeinen abweichenden Laut hingewieſen iſt. Luther konnte ſtolz darauf ſein, daß ſein Feind doch für die eigne Arbeit ſeine „zierliche und ſüßlautende" Dolmetſchung zur Unterlage genommen hatte; durch eine neue Ueberſetzung Luther zu überbieten, hatte auch Emſer nicht gewagt.

---

[1]) Lat. Hoc enim sentite in vobis, quod et in Christo Jesu. MAB. Aber das empfindet in euch, das auch in Chriſto Jeſu.　　[2]) MAB. als Ueberſetzung von exinanivit.　　[3]) MAB: „in der wanderung".
[4]) Griech. Lat. MAB.　　[5]) Nach MAB: „das der Herr Jeſus Chr. iſt in der glori Gotts des Vaters," und dieſe nach Lat.

So hatten denn nicht die Bischöfe, aber ein frommer katho=
lischer Landesherr im Einvernehmen mit seinen Bischöfen, dem
Meißner und Merseburger, dem nach der hlg. Schrift begierigen
Volke das deutsche N. T. — und damit den Luthertext selbst,
wenn auch einen nach der Vulgata verschlechterten, geboten. Emser
selbst aber fügt seiner Revisionsarbeit ein Schlußwort bei, in dem
er das charakteristische Bekenntnis ablegt: „Wiewohl ich der Sache
bei mir selber noch nicht eins bin, ob es gut oder bös sei,
daß man die Bibel verdeutschet und dem gemeinen ungelehrten
Mann vorlegt. Denn die Schrift ist ein Tümpel oder Taufe
[fons, ein Wasser], darin viele auch aus den Hochgelehrten ersaufen,
und muß sich einer gar niedrig ducken, der zu dieser Thür ein=
gehen und den Kopf nicht zerstoßen will. Darum so bekümmere
sich nur ein jeglicher Laie, der meinem Rat folgen will,
mehr um ein gut gottselig Leben, denn um die Schrift,
die allein den Gelehrten befohlen ist." Ein Bibelübersetzer,
der vom Bibellesen abrät! so hat man mit Recht hierzu gesagt.[143]
Die ganze Verlegenheit des katholischen Theologen gegenüber dem
durch Luther auch im katholischen Volke geweckten Verlangen nach
der deutschen Bibel tritt hier zu Tage. Die zahlreichen Auflagen
seines N. T.s beweisen aber deutlich, daß das Volk diesem Rate
nicht folgen wollte. Konnte doch Emsers Nachfolger bei Herzog
Georg, Joh. Cochläus, am 28. Okt. 1529 der Fürstin Margarethe
von Anhalt Folgendes schreiben:

„Ich sende hiermit E. F. G. das neue Testament, das von
meinem lieben Vorfahren Herrn Hier. Emser, in Gott seligen,
verdeutscht und diesen vergangenen Sommer zu Cöln gedruckt und
gebunden worden ist, mit unterthäniger Bitte, E. F. G. wollens
gnädiglich im besten verstehen und annehmen. Denn weil mir
wohl wissend ist, daß E. F. G. obgemeldetem meinem Vorfahren
mit sonderen Gnaden wohl geneigt gewesen, kann ich zu dieser
Zeit nichts finden, welches sollte oder möchte mehr angenehm sein,
denn das Wort Gottes, christlich verdeutscht und mit solchem
Fleiß gedruckt. Wiewohl mir aber nicht zweifelt, E. F. G. habens
längst gehabt aus dem ersten Druck, so hie zu Dresden aus=
gegangen ist, hab' ich doch diesen Druck auch wollen übersenden,
E. F. G. dadurch zu erkennen zu geben, wie eine gute selige

Arbeit der gute Mann kurz vor seinem Ende gethan habe, die das fünfte Mal jetzt gedruckt ist in großer Anzahl der Exemplarien, darin viel mehr denn im 1. Druck begriffen wird und meines Bedünkens auch besser gedruckt ist. Hoffe E. F. G. werden's dem Emser seligen zu Ehren behalten ..."[144]

Die „Vermehrung", von der hier Cochläus schreibt, bezog sich u. a. darauf, daß eine Nachweisung der Perikopen beigefügt war. Auch hatte man am Text eine Aenderung vorgenommen (schon seit dem 2. Druck), indem man gewisse Ausdrücke wie Hurerei, Hurer u. a., die Emser aus Luthers Ueberſetzung „vielleicht aus Ueberhäufung mit Arbeit oder Krankheitshalber" zu tilgen unterlassen habe, „um der Jungfrauen und unschuldigen Herzen willen" in „züchtigere" Wörter veränderte.[145]

Die katholischen Zeitgenossen konnten der Versuchung nicht widerstehen, Emsers Arbeit über Gebühr in die Höhe zu heben. Sein Freund, der Dominikaner Dietenberger, redet noch mit Maßen, wenn er berichtet, daß Emser, „als er von Arbeit, Alter und Schwachheit an Kräften seines Leibs merklich abgenommen, das Werk mit treuem Fleiß zusammengebracht", aber doch so, daß es alsbald „wiederum habe verneut, korrigiert und gereinigt" werden müssen. Sein Freund Pyrgallus rühmt ihn dagegen schon als „Ueberſetzer", und ebenso redet Cochläus später (1549) davon, daß er das N. T. aufs treueste aus dem approbierten lateinischen Text ins Deutsche überſetzt habe.[146] Wenn er selbst beansprucht hätte, ein „Ueberſetzer" zu sein, dann verdiente seine Arbeit den Beinamen, der ihr noch heutigen Tages hie und da gegeben wird: das „Plagiat".[147] Aber das hat er gar nicht sein wollen, nur ein Emendator der Lutherschen Ueberſetzung. Darum ist diese Anklage als unbillig abzuweisen. Freilich, Einer hat sie mit einem gewissen sittlichen Rechte erhoben, Luther selbst. Ihn mußte es empören, daß der, der seine Arbeit in einem eignen Buche bekrittelt und gescholten hatte, nun doch selber nichts anderes geben konnte, als diese verballhornte Ausgabe seiner Ueberſetzung, und das dazu in einem Buche, dessen Vorwort — Georgs Vorbericht — die schwersten Verunglimpfungen seiner Person enthielt! Dagegen brauste er auf. Schwer empfand er den Schimpf, den diese giftige Vorrede ihm anthat. Er meinte, die meiß-

nischen Theologen hätten hierbei den Namen ihres Fürsten ge=
mißbraucht — er dachte in der ersten Erregung daran, diesem einen
„Beileidsbrief" zu senden, daß die, „die unter seinem Schatten
leben", seinem Namen diese Unehre angethan hätten, unterließ es
aber dann aus „hoher Geduld". Er mochte nicht glauben, daß
Herzog Georg wirklich so über ihn urteilte, wie hier geschrieben
stand.[148] Als er dann erfuhr, daß in der Druckerei der Brüder
des gemeinsamen Lebens in Rostock eine niederdeutsche Ausgabe
des Emserschen N. T.s hergestellt wurde, wandte er sich durch
Vermittlung seines Kurfürsten und auch direkt an Herzog
Heinrich V. von Mecklenburg und erreichte dort ein Druckverbot:
„den Text hat mir derselbe Bube abgestohlen, denn es ist fast
gar mein Text, ohne in wenig Worten verändert"; „der Text ist
fast ganz und gar mein Text, ist mir abgestohlen von Wort zu
Wort"; könnte er also die Verbreitung dieses Textes wohl leiden,
so doch nicht die giftigen Glossen und Annotationen, die Emser
„aus seinem neidischen Kopf, mir zu Verdrieß" hinzugethan.[149]
Als er dann 1530 seinen „Sendbrief vom Dolmetschen" ausgehen
ließ, machte er noch einmal öffentlich seinem Herzen Luft: „Wir
haben ja gesehen den Sudler zu Dresden, der mein N. T. ge=
meistert hat (ich will seinen Namen in meinen Büchern nicht
mehr nennen, so hat er auch nun seinen Richter und ist sonst
wohl bekannt!), der bekannte, daß mein Deutsch süß und gut sei,
und sah wohl, daß er's nicht besser machen konnte, und wollte es
doch zu Schanden machen, fuhr zu und nahm vor sich mein N. T.
fast von Wort zu Wort, wie ichs gemacht hab, und that meine
Vorrede, Glossen und Namen davon, schrieb seinen Namen, Vor=
rede und Glossen dazu, verkaufte also mein N. T. unter seinem
Namen. Wie geschah mir doch so weh, daß sein Landesfürst
mit einer gräulichen Vorrede verdammte und verbot, des Luthers
N. T. zu lesen, doch daneben gebot, des Sudlers N. T. zu lesen,
welches doch eben dasselbe ist, das der Luther gemacht hat. Und
daß nicht jemand denke, ich lüge, so nimm beide Testamente vor
dich, des Luthers und des Sudlers, halte sie gegen einander, so
wirst du sehen, wer in allen beiden der Dolmetscher sei. Denn
was er in wenig Orten geflickt und geändert hat, wiewohl mir's
nicht alles gefällt, so kann ich's wohl leiden und schadet mir

sonderlich nichts, so viel es den Text betrifft; darum ich auch nie dawider hab wollen schreiben; sondern hab der großen Weisheit müssen lachen, daß man mein N. T. so gräulich gelästert, verdammt, verboten hat, weil es unter meinem Namen ist ausgangen, aber doch müssen lesen, weil es unter eines Andern Namen ist ausgangen. Wiewohl, was das für eine Tugend sei, einem Andern sein Buch lästern und schänden, darnach dasselbige stehlen und unter eigenem Namen dennoch aus lassen gehen, und also durch fremde, verlästerte Arbeit eignes Lob und Namen suchen, das laß ich seinen Richter finden. Mir ist indeß genug und bin froh, daß meine Arbeit ... muß auch durch meine Feinde gefördert und des Luthers Buch ohne Luthers Namen, unter seiner Feinde Namen, gelesen werden; wie könnte ich mich baß rächen?"[150] Unrecht hat ihm aber Luther unzweifelhaft gethan, wenn er später den Verdacht äußerte, Emser werde manche der Textänderungen gegen sein Gewissen, nur um der Gunst des Herzogs willen, vorgenommen haben.[151]

VI. Kapitel.

Der Kampf mit andern Neuerern.

Die Pause, die im Kampf mit Luther nach dem erregten Schriftenwechsel des Jahres 1521 eingetreten war (oben S. 39), benutzte Emser, um sich nun auch gegen den zweiten Teilnehmer an der folgenschweren Leipziger Disputation, Andreas Carlstadt, zu wenden. Luthers Abwesenheit auf der Wartburg hatte diesem ehrgeizigen Genossen ja die ersehnte Gelegenheit geboten, sich zum Führer der Bewegung in Wittenberg zu machen. Vom litterarischen Kampf war er, rasch vorwärts drängend, zu gewaltsamen Reformen des Kultus vorgeschritten. Er entwarf eine Gemeindeordnung, die u. a. auch das Abthun der Bilder und der Seitenaltäre forderte; am 24. Januar 1522 nahm der Rat sie an. Die Beseitigung der Bilder sollte zwar sein ordentlich durch die Obrigkeit selbst geschehen, aber Unbefugte griffen in stürmischem Neuerungseifer zu und rissen in der Pfarrkirche die Bilder herunter. Carlstadt aber rechtfertigte (27. Jan.) dies Beginnen in seiner Flugschrift „Von Abthuung der Bilder": durch Gottes Segen sei es jetzt dahin gekommen, daß man die betrüglichen Bilder und Oelgötzen, die lange Zeit auf den Altären gestanden, und viel Platz in den Gotteshäusern freventlich besessen hätten, wegnähme. Er führt die drei Sätze aus: daß wir Bilder in Kirchen und Gotteshäusern haben, ist unrecht und wider das 1. Gebot; daß geschnitzte und gemalte Oelgötzen auf den Altären stehen, ist noch schädlicher und teuflischer; darum ist es gut, nötig, löblich und göttlich, daß wir sie abthun.¹⁵² Heiligenverehrung und die Frage nach dem Recht bildlicher Darstellungen waren dabei keineswegs genügend gesondert. Schon am 2. April hatte Emser seine Gegenschrift vollendet: „Daß man der Heiligen Bilder in den Kirchen nicht abthun noch unehren soll, und daß sie in der Schrift nirgends verboten sind".¹⁵³ In dieser dem Herzog Georg gewidmeten Schrift verficht er dem Gegner gegenüber folgende drei Gegenthesen: daß wir Bilder in Kirchen und Gotteshäusern haben, ist recht, und dem Gebot, du sollst nicht fremde Götter anbeten, nicht zuwider noch entgegen; daß geschnitzte und gemalte Bilder auf den Altären stehen, ist nützlich und christlich; darum ist es ketzerisch und unchristlich, daß wir sie abthun, dieweil sie die Schrift, dergestalt wie wir sie gebrauchen, nirgends verurteilt noch verboten hat. Er holt allerlei antiquarische Kenntnisse hervor über Bilder bei Juden und Heiden; schon Adams Enkel Enos hat nach jüdischen Zeugnissen das erste Bild gefertigt und das in frommer Meinung; auch die Cherubim an der Bundeslade und die eherne Schlange, sowie die Bilder im Tempel zu Jerusalem beweisen, daß Gott einen gebührlichen Gebrauch der Bilder nicht verwirft. In der christlichen Kirche aber sind die Bilder uralt; schon König Abgar in Edessa wollte sich Christum „abconterfeien" lassen; da drückte dieser sein Angesicht selber in ein Kleid und schickte das dem König. Ebenso hat Christus sein Bild der hlg. Veronika in ihren Schleier abgedrückt. Nicodemus hat eigenhändig ein Bild Jesu gemalt, das Gamaliel erbte, von diesem Jakobus der Jüngere u. s. w. Auch Lukas malte Christus und Maria. Auch die blutflüssige Frau besaß ein Bild Jesu. Alle diese Nachrichten stehen zwar nicht in der kanonischen Schrift, aber nach Joh. 21, 25 sind eben nicht alle Thaten Jesu in den

Evangelien verzeichnet worden, wie auch die Apostel vieles ver=
ordnet haben, das nicht in ihren Briefen steht; dafür aber lesen
wir 2. Theff. 2, 15: „So stehet nun, liebe Brüder, und haltet an
den Satzungen, die ihr gelernt habt, es sei durch Briefe oder
durch unser münbliches Angeben". Nach Röm. 1 kommen wir
durch die Betrachtung der sichtbaren Dinge zur Erkenntnis der
unsichtbaren. Die Bilder sind die Predigt für das ungelehrte
Volk, eine Anregung zu Tugend und Andacht, daß wir ihrem
Vorbild nachfolgen. Sie machen uns aber auch willig zum
Dienst Gottes und seiner Heiligen, wenn wir sehen, was diese
für Belohnung erhalten haben; je mehr wir die Heiligen ehren,
desto geneigter werden sie, für uns zu bitten; durch ihre Fürbitte
werden wir dann auch der Belohnung teilhaftig. Wäre kein
Bild in der Kirche, man wüßte nicht, ob man in einer Kirche
oder in einem Tanzhause wäre. Freilich dürfen wir die Bilder
nicht für Götter halten, sondern nur für Figuren und Anzeigungen
Gottes und seiner Heiligen. In dieser Weise mischen sich die
Gedanken in seiner Schutzrede für die Bilder, Wahres und
Falsches, Schriftgemäßes und ein kritikloser Apokryphenglaube.
Emser erwähnt, er habe schon längst die Absicht gehabt, gegen
Carlstadts Schrift „Von zweierlei Gestalt des Sakraments" zu
schreiben, aber Krankheit habe ihn bisher behindert. Da jetzt
Cochläus, sein allerliebster Herr und großgünstigster Freund, die=
selbe Materie zu vertreten sich vorgenommen habe, so könne er
auf dessen Schrift verweisen. Doch, da dieser lateinisch schreibe,
wolle er hier noch anhangsweise in Kürze in deutscher Sprache
diesen Punkt behandeln, und bringt nun unmögliche Schriftbeweise
dafür, daß die Kommunion unter einer Gestalt der ursprünglichen
Anordnung und der apostolischen Sitte gemäß sei. Carlstadt hat
unsers Wissens darauf nicht geantwortet.

Als Emser dann im Anfang des Jahres 1524 sich gegen
Luthers neue Wittenberger Gottesdienst= und Abendmahlsordnung
(oben S. 44) wendete, zog er in den Kampf für die römische
Messe zugleich eine Schrift Zwinglis hinein, und geriet dadurch
auch mit diesem in scharfen Streit. Dieser hatte im Zusammen=
hang mit den Kultusreformen in Zürich in den letzten August=
tagen 1523 seinen „Versuch über den Meßkanon" ausgehen lassen,

eine einschneidende Kritik der einzelnen Bestandteile dieses Aller=
heiligsten der römischen Messe, in der er einen bei den Mitteln
seiner Zeit kühnen Versuch geschichtlicher, textkritischer und sach=
licher Prüfung der Gebete des Kanons unternimmt, nach Stil
und Inhalt ihre Entstehung in sehr verschiedenen Zeiten und
ihren Widerspruch mit den Grundlehren des Evangeliums nach=
weist.[154] Mitte April hatte Emser seine Entgegnung: „Verteidigung
des Meßkanons gegen U. Zwingli" fertig gestellt, mit Widmung
an Kardinal Albrecht und seine Gönner, die Bischöfe von Merse=
burg (Adolf von Anhalt) und Meißen (Joh. v. Schleiniß).[155]
Zwar schwach auf den Füßen (wegen seines Podagraleidens), aber
unerschrockenen Geistes will er diesem Philister, „einem gewissen
Zwingli", entgegentreten. Denn der Gott, der ihn vom Rachen
des Löwen und Bären, Luthers und Carlstadts, errettet hat, wird
ihn auch aus der Hand dieses Philisters erretten (1. Sam. 17, 37).
In gewohnter Weise druckt er einzelne Sätze aus Zwinglis Schrift
ab und seine Entgegnungen darauf. Gläubig erzählt er die
Legende von dem Gottesurteil über das gregorianische und das
ambrosianische Missale unter Papst Hadrian I.: am Morgen fand
man die Blätter des gregorianischen durch die ganze Kirche zer=
streut, als Zeugnis Gottes, daß Gregors Formular in der ganzen
Welt gebraucht werden solle, das ambrosianische Missale aber lag
still an seinem Platz, denn es sollte hinfort nur noch in seiner
Mailändischen Kirche gebraucht werden. Mit besondrer Erregung
sucht er Reuchlins Bemerkungen über den hebräischen Ursprung
des Wortes Missa für das katholische Interesse zu verwerten und
ereifert sich, er müsse hier ihr gemeinsames Vaterland Schwaben
gegen Zwingli schützen — eine alte Wunde brennt! Bei dieser
Gelegenheit nehmen wir aber auch wahr, daß Emser einige ele=
mentare Kenntnisse des Hebräischen sich erworben hatte. Der
Traditionsbeweis, bei dem „Pauli Schüler, der hlg. Dionysius"
wieder seine Rolle spielen muß, wird in zuversichtlichster Weise
vorgetragen. Zwingli hatte z. B. die Annahme Augustins und des
Chrysostomus, daß die Fürbitte für die Todten von den Aposteln
stamme, kritisch angefochten, da doch keiner von den Aposteln
etwas davon schreibe; was antwortet Emser? Aus 1. Joh. 5, 16
folgert er, daß nur für solche Tote, die in Verzweiflung ge=

storben seien (!), das Gebet verboten sei; das Gleiche bestätigt uns
Dionysius, der Apostelschüler. Nun sind zwei oder drei Zeugen
erforderlich: der Kirche genügt das Zeugnis dieser beiden gewich=
tigen Männer! Zwingli aber ist als „Lügner" erwiesen. Emsers
alter Bekannter, der oberrheinische Humanist Jakob Wimpheling,
veranstaltete einen Abdruck der Schrift, der er einen Brief an
Luther und Zwingli voranstellte, in dem er beide unter Berufung
auf das Zeugnis des Altertums warnte, den Meßritus, insbe=
sondere auch die Zuwendung von Gebet und Opfer für die Toten,
anzutasten.

Zwingli beschloß zu antworten. Am 16. Mai 1524 schreibt
er an Georg Vadian, der ihm aus Leipzig ein Exemplar des
Buches mitgebracht hatte: „Emser, jener alte Feind der Schweizer,
hat mich mit seiner Thorheit genötigt, vier Bogen durchzulesen,
ehe ich mich zum Schreiben an dich rüsten konnte." Aber erst
im August kam er mit seiner Entgegung heraus: „Gegenwehr
gegen Hier. Emser".[157] Er nimmt den Kampf zunächst sehr
persönlich; er habe bis jetzt gewartet, ob Emser nicht etwas von
sich werde hören lassen; aber nun wolle er ihm eine sanftmütige
Antwort geben, ihn nicht an seine alten Baseler Sünden, nicht
an sein früheres sittenloses Leben 2c. erinnere. Mit beißendem
Sarkasmus ist diese „freundliche und milde" Vorrede gewürzt.
Dann aber geht er sehr ernsthaft in die Materie hinein und be=
handelt eingehend die Lehre von der Kirche, von der Fürbitte der
Heiligen, vom Verdienst und Opfer Christi und vom Fegefeuer,
eine gehaltvolle und rein sachliche Darlegung wichtiger Stücke
seiner Theologie. Als er zu Beginn des nächsten Jahres an die
gänzliche Abschaffung der Messe ging, ließ er durch seinen Freund
Leo Jud seine Schrift noch einmal in deutscher Bearbeitung aus=
gehen. Unmöglich konnte Emser auf jene stachliche Einleitung
schweigen. Er schrieb seine „Verteidigung gegen Zwinglis Gegen=
wehr", eine Schrift, die für uns besonderes Interesse durch die
offenherzigen Mitteilungen hat, die er in ihr aus seinem Leben
macht.[155] Den Sarkasmen antwortet er mit Scheltworten:
„Unverschämtheit", „Lüge", „Narrenpossen", so fliegen die Anklagen
herüber; sein Buch über den Meßkanon ist bald „albern und
lästerlich", bald ein „verfluchtes" Buch. Er hält ihm am Schluß

das Bild einer maßvoll kirchlichen Reform vor Augen: „bleibst du aber auf deinem Sinne, dann lebe wohl! denn es ist genug, einen Ketzer einmal und zweimal ermahnt zu haben". Da Zwingli jetzt schwieg, so brach damit diese Fehde ab.

Inzwischen war ihm aber auch schon neuer Anlaß gegeben, für die Messe litterarisch in die Schranken zu treten. Die beiden Nürnberger Pröpste Georg Beßler zu St. Sebaldus und Hektor Pömer zu St. Laurentius hatten seit Pfingsten 1524 Kultus= reformen vorgenommen, den Meßkanon abgeschafft, Seelmessen, Anniversarien, Salz= und Wasserweihe beseitigt, einige Heiligen= feste abgethan, und der deutschen Sprache Eingang in den Kultus gestattet. Der Bamberger Bischof Weigand v. Redwitz hatte sie darauf am 12. September vorgeladen und verhört, in einem zweiten Termin, am 19. September, hatten sie durch ihren Anwalt (Osiander?) an ein freies, christliches Konzilium appelliert, der Bischof aber hatte trotzdem den größeren Bann über sie verhängt. Darauf ließen sie (21. Oktober) ihre Verteidigungsschrift „Grund und Ursach aus der H. Schrift" ausgehen, und rechtfertigten in ihr die Abänderung der Messe, und ihre neue gereinigte Liturgie, sodann die Beseitigung der Seelmessen und Jahrtage, die Ab= schaffung des Salve Regina, jener Marien=Antiphonie, die eine grobe Gotteslästerung enthalte, da sie Maria, nicht Christus, als unser Leben und unsre Hoffnung bezeichne und sie zu unsrer Mittlerin bei Gott mache; ferner die Abschaffung der Salz= und Wasserweihen, da auch hier der Kreatur beigelegt werde, daß sie uns an Leib und Seele helfen solle, und solche Dinge am aller= meisten zur Zauberei gebraucht würden; endlich auch die Beseitigung von Mette und Komplet als unnötiger und unnützer Gesänge, deren lateinischen Text die Gemeinde nicht verstehe, die daher nicht zur Besserung des Nächsten dienten.[158] Diesem inhaltreichen evangelischen Manifest, das weite Verbreitung fand, beschloß Emser zu antworten, und that es in der Schrift: „Wider der zwei Pröpste zu Nürnberg faschen Grund und Ursachen, warum sie die H. Messe und andere christliche Stücke und Zerimonien ge= ändert und zum Teil gar abgethan haben".[159] Hier versucht er den Schriftbeweis aus Altem und Neuem Testament für das Meßopfer zu erbringen, wobei die Stelle Maleachi 1, 11 „an

allen Orten soll meinem Namen .. reines Speisopfer geopfert
werden", vor allem als festes und gesichertes Zeugnis verwendet
wird. Auch sonst weiß er mit Hülfe des geistlichen Schriftsinns
dem Alten Testament manch Geheimnis abzulocken, aber freilich
„ihr und euer Abgott Luther seid solche Gesellen, daß ihr nach
diesen heimlichen Sakramenten und nach dem Kern der Schrift
nicht fraget, sondern an der Schale und Buchstaben gesättiget
seid"! Aber nur die Themata Messe und Seelmesse behandelt er
hier; für die anderen (Salve Regina, Salz= und Wasserweihe,
Mette 2c.) verweist er am Schluß kurz auf die Schriften Anderer
oder auf eigene frühere Ausführungen. So fest er auch seinen
Schriftbeweisen traute zur Widerlegung der Pröpste, eine andre
Hoffnung läßt er doch auch hindurchblicken. „Wenn nur erst der
Kaiser glücklich nach Deutschland zurückgekehrt sein wird, dann
wird er die beiden Pröpste, wenn sie nicht bis dahin Widerruf
geleistet haben, übel umbringen"! [160] Das hieß freilich in dem
Streit um das rechte Verständnis der Schrift an einen eigen=
tümlichen Schiedsrichter appellieren.

An den alten Freund Nic. Hausmann hatte Emser 1524
seine Entgegung auf Luthers Wittenberger lateinische Gottesdienst=
ordnung adressiert gehabt. Dieser hatte sich dadurch nicht warnen
lassen, sondern war mit Einführung der Reformation in Zwickau
bedächtig, aber auch stetig fortgefahren. Die Predigten waren
vermehrt, der Kultus umgestaltet, den der Reformation sich wider=
setzenden Mönchen das freie Predigtrecht genommen und ihre
Zahl selbst bedeutend vermindert worden. Herzog Georg war
sehr aufgebracht über diese Haltung des Pfarrers Hausmann,
seiner Genossen und des Rates, konnte aber nicht eingreifen, da
Zwickau nicht zu seinem Gebiete gehörte. Da aber Hausmann
nach Geburt und Erziehung sein Landeskind war, ließ er ihn
seine Ungnade wissen und veranlaßte ihn dadurch zu einem
längeren Entschuldigungsschreiben, in dem dieser sich darauf berief,
schon durch den Leipziger Aesticampian sowie durch Erasmus
auf die nötige Reform der Kirche hingewiesen worden zu sein,
ihm Luther als den von Gott erleuchteten Wegweiser zur rechten
Erkenntnis rühmte, wegen seiner Neuerungen in Zwickau aber
entschuldigend geltend machte, daß er sich vorher — wenn auch

freilich vergeblich — um die Einwilligung des zuständigen Bischofs
von Naumburg bemüht habe, und daß ihre neue Ordnung mit
Zustimmung des Rates und des ganzen Kollegiums der Priester=
schaft aufgerichtet worden sei. Georg beauftragte Emser, dies
Schreiben zu beantworten. Er that es am 12. März 1525 in
seinem „Missive oder Sendbrief an Nic. Hausmann".[161] Er
mußte hier, weil er in solchem Auftrag schrieb, einen weit ge=
mäßigteren Ton anschlagen, als wo er im eignen Namen focht.
Aber sachlich scharf sucht er Satz für Satz dieses Entschuldigungs=
schreibens zu entkräften und ihn „zum zweiten Male getreulich und
brüderlich zu verwarnen". Besonders lebhaft wird er dabei,
sobald er den Namen Luther nennt; in einer seiner beliebten
Antithesenreihen hält er ihm vor: „Gottes Evangelium ist wahr=
haftig und beständig, Luthers lügenhaft und wetterwendisch: Gottes
Evangelium macht aus Sündern Büßer und fromme Leute,
Luthers aus Büßern und frommen Leuten Diebe und Schälke rc."
daß er damit auf Hausmann, der Luther doch besser kannte,
Eindruck machen würde, war freilich nicht zu erwarten. Aber
auch der Unmut über die Verweltlichung und die Lässigkeit der
Prälaten, die „ihre Gaben zu ihrer eignen Wollust und Gepränge
mißbrauchten," macht sich in charakteristischer Weise Luft. Kaiser
und Fürsten mögen sich darein legen und darin Besserung schaffen
— für uns gilt aber trotzdem: Gehorchet euren Vorgesetzten, auch
den schwierigen. Da nun Hausmann auch diese Warnung nicht
achtete, so mußte Emser diese Freundschaft fortan abbrechen.

Noch eines Straußes müssen wir gedenken, den Emser mit
einem der witzigsten unter den humanistischen Anhängern Luthers,
mit Euricius Cordus, zu bestehen hatte, dem Epigrammatiker,
von dem bekanntlich Lessing viel gelernt und den er gern nach=
geahmt hat. Dieser hatte 1525 in seinem Antilutheromastix,
einem großen Gedichte, in dem er die Geißel seiner Stachelverse
über den ganzen Chorus der litterarischen Gegner Luthers schwang,
Emser nicht vergessen.[162] In seinen Braunschweiger Epigrammen
— er lebte seit 1523 als Arzt in Braunschweig — hatte er
besonders die Erhebung Benno's und mit ihr zugleich Emser als
den unermüdlichen Herold dieses neuen Heiligen aufs Korn ge=
nommen. Man erzählte sich, daß bei der Oeffnung des Grabes

Benno's am 16. Juni 1524 nur Knochen eines Kindes gefunden
seien. Daraufhin schreibt Cordus:

> Als man neulich geöffnet das Grab des heiligen Benno
> Im ehrwürdigen Dom, fand man nur — Kindesgebein.
> Lachst du? Christus gewährt ja Niemand Zutritt zum Himmel,
> Der nicht wäre zuvor völlig geworden ein Kind![163]

Oder er läßt den Heiligen selbst Emser folgendermaßen anreden:

> Emser, warum solchen Eifer jetzt wider den heiligen Luther?
> Warum so schreckliche Wut in deinem giftigen Buch?
> Glaub' mir, das heißt nicht lästern, das ist nicht gottlose Rede,
> Wenn man Narren ermahnt, nicht mehr so thöricht zu sein,
> Sie, die zu ihrem Genieß einen neuen Baal aus mir machten,
> Und ihre Huldigung mir bringen, als wär' ich ein Gott.
> Wisse doch, menschliche Eltern erzeugten mich, der ich ein Mensch nur,
> Menschliche Glieder fürwahr trug ich nach menschlicher Art.
> Laß doch jetzt meine Knochen im stillen Grabe sich ruhen,
> Gönne mir doch, daß ich selbst bleibe in Ruhe vor euch!
> Und du selber, laß endlich das zehrende Gift dir vom Herzen,
> Machst ja doch immer zu Spott, wen du zum Helden erkorst.[164]

Dem Erfurter Freund Hacke (s. unten S. 98) ruft Cordus zu:

> Das versetzt dich in Staunen, daß Emser in all seinen Schriften
> Nichts Vernünftiges schreibt, lauter verrücktes Geschmier?
> Siehe, es treiben den Menschen sein Podagra und seine Scheelsucht,
> Und Gottlosigkeit ist's, die ihm den Unterricht giebt![165]

Und abermals nimmt er den Kränkelnden zur Zielscheibe seines
Witzes:

> Als mit heftigen Schmerzen den Emser das Podagra quälte
> Und sein Leben ihm schier wollte verwandeln in Tod,
> Halt! so sprach da die Scheelsucht mit ihren schielenden Augen,
> Den überlasse du mir, meinem Geschoß er erliegt![166]

In dieser Tonart geht es weiter! Und abermals mußte sich
Emser persönlich herausgefordert fühlen, als Cordus 1525 sein
großes „Mahngedicht" an Kaiser Karl und die deutschen Fürsten,
„die wahre Religion anzuerkennen" in mehr als 1500 Hexa-
metern ausgehen ließ. Zwar war er selbst nur an einer Stelle
flüchtig erwähnt, freilich wenig ehrenvoll:

> Mögen auch tausend Emser und tausend Faber hier wüten,
> Und was gottlosen Zeugs noch mehr das Gelichter hervorbringt,
> Mögen sie, alle vereint, auch all ihr Kräfte verbinden
> Mit des Satanas Reich — —;

aber Emſer fühlte ſich doch mitgetroffen, wenn ſein Benno durch=
gehechelt wurde. Und Corbus ſang:

> Niemand rühme mir doch den ausgegrabenen Benno
> Eitelen Lobs, noch jene, die ſonſt papiſtiſche Habſucht
> Zu den Heil'gen erhob, da trugvoll ihnen die Alten
> Falſche Wunder die Füll' und nichtige Ehren erdichtet! [147]

Da erhob ſich Emſer zu einer gründlichen Abfertigung des
Spötters: auch er wählte jetzt den lateiniſchen Hexameter für
ſeine „Rechtfertigung der Katholiken gegen die Läſterreden des
Euricius Corbus, des Arztes und der Luthergegnergeißel". [165]
Er ſtellte das Wort an den Leſer (in Diſtichen) voran:

> Nicht mit langer Rede will ich dich, Leſer, beſchweren;
> Haſt du nun Corbus gehört, gönne auch Emſer das Wort.
> Pflicht der Abwehr nur iſt's, die mich zum Reden gezwungen
> Jener erweckte den Zank, weil es ihm alſo beliebt.

Er ſtimmt das Klagelied an, daß ſelbſt Schuſter und alte Weiber
ſich jetzt erkühnen, gegen „Petri Schifflein" Schriften ausgehen
zu laſſen — er denkt an den Eilenburger Schuſter Georg Schönichen
und an Argula von Grumbach —:

> Aber auch Corbus ſelbſt, vom Rhetor zum Arzte verwandelt.
> Welcher, ſich ſelbſt ungleich, in demſelben Gedichte bald fromm iſt,
> Bald voll Frevels, die Raben verſchont, doch die Tauben verfolget,*)
> Da er es wagt zu verdammen die Meiſter göttlicher Weisheit,
> Aber das Lob zu verkünden des Sohnes der Finſternis, Luthers,
> Den er den Vätern voranſtellt, Moſi vergleicht und ihn rühmet
> Als den Verkünder des reinen, des evangeliſchen Wortes
> Und des Lichts (nein des Dunkels), das jüngſt aufs Neue erſchienen.

Und nun ſagt er noch einmal, was er ſchon oft gepredigt hat;
in kräftigen Antitheſen will er den bethörten Deutſchen den echten
Luther, den Sohn des Abgrunds, vor Augen führen:

> Gott hat geboten, Gelübde zu halten, die Luther zerſchneidet;
> Eheverzicht preiſt Chriſtus, doch Luther das geile Gelüſten;
> Keuſchheit gefällt dem Himmel, doch nichts weiß Luther von dieſer;
> Drum vollzog er die Ehe, die fleiſchliche, die er verſchworen
> Einſtmals, denn es bethörte den Mönch die Liebe zur Nonne;
> Ehelos lebte der Heiland, doch dieſer Geſelle als Ehmann;
> Chriſtus war allen in Demut ergeben, doch dieſer voll Hochmuts
> Predigt mit frecher Stirn den Aufruhr wider die Obern!

*) Anſpielung auf Juvenalis Sat. II 63.

6*

Schmähwort häuft er verlezend auf Schmähwort, ja er verbrennt gar
Altgeheiligtes Recht, verspottet Gott und die Menschen,
So wie es einst die Art des Tyrannen Siciliens gewesen.
Christus liebet den Frieden, doch Luther ruft zu den Waffen,
Und er ermahnet das Volk, grausam die Hände zu färben
In dem Blute der Priester, — so reizt er und stachelt die Massen.
Und um Frevel auf Frevel zu häufen, gebraucht er das Trugbild
Falscher Freiheit, die Armen zu neuem Beginnen zu hetzen,
Daß sie Zehnten und Steuer und was sie an Leistungen schulden,
Fürder mit trotzigem Nacken der Kirche zu zahlen sich weigern
Und, zu roher Gewalt verschworen, die Herren ermorden.
Wer sonst schürte den Brand als Luthers Reden und Schriften?
Denn er hat sie beredet, zu glauben, er sei ein Prophete,
Und als Orakel vom Himmel zu achten sein eignes Geschwätze.

So sieht Emsers Luther aus! In diesem Pragmatismus beleuchtet er den Bauernkrieg mit seinen Greueln als Folge der
Predigt Luthers. Mit unverhohlener Freude blickt er auf die
Hinrichtung nicht nur Münzers und Pfeiffers, sondern ebenso
auf die ihm in ganz gleichem Lichte erscheinenden Blutgerichts-
thaten an den Augustinern in Brüssel, an Kaspar Tauber in
Wien (18. Sept. 1524), an Heinrich von Zütphen, und auf die
mildere Strafe, die Arsacius Seehofer zur Besinnung brachte.
Man sage nichts gegen solche Strafen,

> Denn sie entsprechen durchaus den alten Statuten der Väter.

Und nun hält er Cordus den Katalog der tapferen Männer
entgegen,

> Die zur Feder gegriffen im Kampf mit dem Lästerer Luther:

Heinrich VIII. voran, und sein Bischof, der gelehrte Joh. Fischer
von Rochester,

> Fast der einzige Bischof der Gegenwart, deß wir uns rühmen.

Dann Thomas Cajetanus und Thomas Rhadinus, zwei Thomasse,
die nicht zweifeln, sondern glauben, daß Christus lebt; Ambrosius
Catharinus, der Spanier Stunica; selbst das Land der Sarmaten
und der Böhmen hat schon seine Kämpen gestellt. Aber vor
allem Deutschland mit seinem „Donnerer" Faber und dem Sieger
von Leipzig Joh. Eck, der Luther dort so arg ins Gedränge gebracht hat; dann der gelehrte Cochläus, der sogar auch unbe-

scholtenen Lebens ist; der gewaltig dreinfahrende Dietenberger,
der fromme Amnicola (der Abt von Alten Zella),

> Und noch so mancher im Land, deß Name noch nicht mir bekannt ist; —
> Ist er doch Christo bekannt, für dessen Ehre sie willig
> Alle die Schmähung ertrugen, die sinnlos Luther hervorstößt!
> Unter diesen ich selbst, eine Gans unter glänzenden Schwänen,
> Führe den Kampf nun schon in siebenjähr'gem Bemühen
> In unzähligen Schriften, in Versen sowie auch in Prosa, —
> Sach- und zeitgemäß schien's, meist deutsche Sprache zu wählen —
> Hoffe, mit dieser Arbeit den Dank des Himmels zu erndten,
> Und nicht übles Verdienst mir zu schaffen am Hof meines Fürsten. [169]

Selbstzufrieden übersandte er diese Dichtung an Erasmus. Der
lobte zwar im Allgemeinen, bemerkte aber zugleich spitz, er nehme
sich doch bei Worten, die aus dem Griechischen entlehnt seien,
recht große Freiheit in Bezug auf Länge und Kürze der Silben
heraus. Aber mehr noch: niederschmetternd fügt er schließlich
hinzu: „mit Schriften dieser Art und mit aller Heftigkeit werden
wir gar nichts ausrichten!" [170] Und damit hatte er völlig Recht.

VII. Kapitel.

Emsers Waffenrüstung.

Emser wollte kein Scholastiker sein. Wie er sich einst (1505)
in Leipzig vom Studium der scholastischen Theologie abgewendet
hatte, so weiß er sich auch später dessen zu rühmen, daß er unter
den Ersten gewesen sei, die die akademische Jugend zu den
humanistischen Studien geführt haben; er habe darüber manche
böse Nachreden von den „Magistri nostri", den zünftigen Theologen,
zu hören bekommen. [171] Er rühmt sich, seine theologische Erkenntnis
lieber aus den Quellen als aus den abgeleiteten Bächen zu
schöpfen. [172] Er bleibt auch noch im Kampfe mit Luther ein
Verehrer auch der Theologie des Erasmus, wenn er auch nicht
auf jedes seiner Worte schwören will. Von der Notwendigkeit
einer Reformation ist er völlig überzeugt. „Wahr ist leider und
allzugrob am Tage, daß Bosheit, Schande und Laster in diesen
unsern und letzten Zeiten bei Geistlichen und Weltlichen, Edeln

und Unedeln, Regenten und Unterthanen, Mann und Weib, Jung und Alt so grausam überhand genommen, alle menschliche Gewerbe und Händel so gar übersetzt, verschmützt, falsch und untreu worden, die Furcht Gottes und brüderliche Lieb und Treu so gar erloschen, und die Welt so ganz verkehrt ist, daß es bei keinem Volk, Juden, Heiden, Türken oder Tartaren insgemein so arg nie gestanden; daß auch, wo die Dinge durch eine neue, ernstliche Reformation nicht geändert werden, der jüngste Tag nothalben kommen muß." Und gleich vielen seiner Zeitgenossen erwartet er die Hilfe — nicht von Rom her — sondern von dem „jungen Herzen" Karls V., den „Gott also erleuchten wolle, daß er erkennen möge, wer ihm hierzu getreulich und ungetreulich raten, die Sache fördern oder hindern, seinen eignen oder gemeinen Nutz darin suchen werde." Er wünscht dem Kaiser daher die „Weisheit Salomos und Daniels".[173] Wie er speziell über die Mißbräuche beim Ablaß denkt, haben wir bereits kennen gelernt (oben S. 29). Mit der größten Offenheit geißelt er die ärgerlichen Mißbräuche, die sich an den Bilderkult angeschlossen hatten, daß „die Maler und Bild= schnitzer der lieben Heiligen Bilder so ganz unverschämt, hurisch und bubisch machen, daß auch weder Venus noch Cupido so schändlich von den Heiden je geschnitzt und gemalt worden sind. Es wäre viel besser, solche unzüchtige und unverschämte Bilder lägen im Feuer, denn daß sie auf den Altären oder in den Kirchen stehen". Auch wäre es vielleicht besser, daß man das Geld, das man für unnotdürftiges Wachs (bei Wallfahrten und sonst) giebt, armen dürftigen Leuten gäbe.[174] Er gesteht die schweren Schäden im Leben der Geistlichen und Mönche zu; aber er findet freilich auch seltsame Mittel, sich und andre darüber zu beruhigen. Bemerkt er doch in seinem Neuen Testament zu Phil. 2, 21: „Merke, daß der Geistlichen Geiz alsbald mit der Kirche angefangen hat; darum so wundre dich nicht, daß auch jetzt so viel geiziger Pfaffen und Mönche sind, auch auf unserer Seite, denn der Teufel muß sein Teil auch an den Pfaffen haben, damit nicht lauter Laien in der Hölle seien."

Aber was nun die „Reformatoren" wollen, das ist nicht die Reformation, die er begehrt; das ist Zerstörung, Revolution. Luther reißt ja der Christenheit das Haupt ab![175] Darum for=

muliert er seine Forderungen (z. T. in Antithesen gegen Luther und Genossen): „Die christliche Religion soll reformiert, nicht ausgerottet werden. Die Heiligen sollen verehrt, nicht verachtet werden. Der Priesterstand werde gebessert, aber in seinem Wesen unversehrt erhalten. Man beseitige den Luxus mit weltlichen Kleidern, den Schmuck mit köstlichen Ringen und verwende das Geld hiefür zur Speisung armer Leute. Die Prälaten sollen ihre Schafe lieber weiden als scheren, mehr ihr Heil als ihre Habe suchen, sie sollen sich genügen lassen an ihren Jahres= einkünften, die reichlich genug bemessen sind, aber nicht danach trachten, mit Verletzung des Nächsten alles mit Recht oder Un= recht an sich zu reißen. Das Geld, das Manche bisher in schimpflicher Gier im Kasten verschlossen, oder auf Wucher gaben, sollen sie lieber zinslos Bedürftigen leihen, oder auch im Notfall schenken.... Die Verschacherung geistlicher Stellen muß aufhören, die kirchlichen Pfründen sollen lieber denen zufallen, die ihnen aus dem Wege gehen, als denen, die sich um sie bewerben, lieber den Frommen und Gelehrten, als denen mit schön gemaltem Stammbaum. Die wieder erblühenden schönen Wissenschaften mögen guten und nützlichen, nicht schmähsüchtigen Büchern und Dichtungen zu Nutze kommen. Alle wissenschaftlich Gebildeten sollen sich um den Frieden, nicht um Beunruhigung des öffent= lichen Lebens bemühen. Die Obrigkeit soll geehrt, nicht durch= gehechelt werden. Die Christen sollen von Christi Evangelium lernen, daß es ein Evangelium des Friedens und nicht der Zwietracht ist; sie mögen Christi Worte lieber im Herzen haben als daß sie dieselben auf dem Papiere oder gar auf die Aermel ge= stickt, nur um damit zu prahlen,*) umhertragen. Die Prediger des göttlichen Wortes sollen das Volk lieber zum Gebet für die Geistlichkeit als zu ihrer Verfolgung anhalten, lieber zum Ver= zeihen, als zum Verwünschen; denn Christus spricht: Vergebet, so wird euch vergeben. Endlich sollen wir alle Gott mit Gebet, Thränen und Fasten anflehen, daß er Petri Schifflein, das an

---

*) Anspielung auf die Dienerschaft Johanns des Beständigen, die das V. D. M. I. E. (des Herrn Wort bleibt in Ewigkeit) auf den Aermeln trugen.

Klippen und in Untiefen zu zerschellen droht, endlich wieder in stillen Hafen geleite."[176]

Man sieht unschwer, das ist im großen und ganzen das Reformprogramm des Erasmus: Ausmerzung einiger Auswüchse des Aberglaubens und Besserung des geistlichen Standes durch vermehrte Bildung und bessere Sittenzucht — aber an die Wurzel des Verderbens rührt er nicht. Für den Kampf gegen den pelagianischen Sauerteig in der Kirche finden wir bei ihm auch nicht das leiseste Verständnis.

Er stellt sich selber die Frage, warum er eigentlich in den öffentlichen Kampf eingetreten sei, da er doch weder Papst noch Bischof, weder Kaiser, König noch Fürst sei, die von Amtswegen hier eingreifen müssen. Er antwortet darauf: "Gleichwie in Schiffsnöten, wenn ein Unfall (Fortun) oder Ungestümigkeit des Meeres dem Patron das Ruder (Steuer) aus der Hand schlägt, nicht allein die Schiffsleute mit ihren Riemen, sondern auch ein jeglicher, der im Schiffe sitzt, und nicht mit verderben will, zugreifen muß, und der, so nicht ein Ruder hat, den nächsten Baum oder Brett erwischen, einer die Löcher zustopfen, der andre Wasser ausgießen, und alle einander helfen müssen, damit sie aus der Not kommen, also bedünket mich, daß auch in gegenwärtiger Fährlichkeit, so St. Peters Schifflein erleiden muß von den ungestümen Anstößen der Ketzer, welche nicht allein dem obersten Patron, sondern auch den andern Schiffsherrn, geistlichen und weltlichen, ihre Ruder abhändig machen, und das Schifflein ersäufen wollen, ein jeglicher schuldig sei, ihnen, womit er kann und mag [d. h. vermag], zu Hilfe zu kommen, damit sie gemeldetes Schifflein wiederum zu Land und an sichern Port bringen mögen; denn ihr Unfall und Verderben ohne unser Aller merklichen Schaden nicht geschehen kann."

Aber hat Luther nicht mit vielen seiner Anklagen Recht? Freilich: "gar viele Stücke, darüber Luther klaget, sind Klagens wohl würdig". Hat er nicht "wider Papst und Bischöfe in vielen Stücken die Wahrheit geschrieben, was sie für ein unbischöflich Leben führen?" "Dazu antworte ich: gleichwie denen, so in einem Schiffe fahren, nicht von Nöten ist zu fragen, ob die Schiffsleute fromm oder unfromm, sondern ob sie ihrer Kunst

gewiß und sie sicher überführen mögen, also sollen wir uns auch
nicht sehr bekümmern um der Bischöfe Leben, ob das gut oder
böse sei, sondern um die Lehre, denn Christus hat uns nicht an
ihre Werke, sondern an die Lehre gewiesen, Matth. 23 [2. 3].
Alles, was sie euch sagen, das sollt ihr thun und halten, aber
ihren Werken sollt ihr nicht nachfolgen." Zudem seien unter den
Bischöfen der Kirche doch auch noch gute zu finden.[177]

So lehnt er die Kritik des ungeistlichen Lebens der Hirten
der Kirche ab — trotz all der unleugbaren Gebrechen sind Papst
und Bischöfe die legitimen Inhaber und Verkündiger der wahren
Lehre. Der Papst voran; denn Christus hat „alle seine Gewalt
im Himmel und auf Erden, d. h. geistliche und weltliche Gewalt,
nicht dem Kaiser, sondern Petrus hinterlassen, so daß er alles,
was auf Erden ist, weder König noch Kaiser, weder klein noch
groß ausgenommen, binden und entbinden kann, so gültig, daß
es auch im Himmel gebunden oder los ist" (Matth. 16). Darum
hat der Papst, „sofern er nicht zu einem öffentlichen Ketzer
wird und so ganz unchristlich handelte, daß es gemeiner Christen=
heit unleidlich würde, ob er gleich sonst seiner Person halben
aus menschlicher Blödigkeit gebrechlich wäre, vollkommene Gewalt
über die ganze Christenheit, über Konzilien, Synoden, Könige,
Fürsten, Geistliche und Weltliche ohne Ausnahme. Niemand als
ihm gebührt ein Konzilium zu berufen und was da beschlossen,
aus Obrigkeit seiner Macht zu bestätigen, bekräftigen und mit
geistlichem Zwang darüber fest zu halten. Er richtet jedermann,
und niemand mag ihn richten, dieweil er keinen Oberen hat —
ausgenommen, daß er zum Ketzer würde, in welchem Fall ihn
ein gemeines Konzilium absetzen könnte". So haben es geistliches
und weltliches Recht festgesetzt.[178] Neben diesen Gedanken des
kurialistischen Systems findet sich bei ihm allerdings auch ein
andrer, der freilich nur als ein Notbehelf erscheint, wenn der
Papst gar zu säumig wäre, an die Reformation der Kirche Hand
anzulegen. Er wünscht selbst, gleich den Zeitgenossen, dringend
die Berufung eines gemeinen Konziliums durch den Papst, wozu
dieser allein zuständig ist. Will dieser aber nicht, dann will Emser
fleißig darum gebeten haben, „daß alsdann der Kaiser samt den
Erzbischöfen in Germanien ein besonderes Landkonzilium durch

die ganze deutsche Nation beriefe, darauf die Geistlichen gefordert, und was da Sträfliches und Unziemliches unter ihnen einge= wurzelt wäre, mit gemeinem Rat wiederum ausgerodet würde". Freilich hätte sich ein solches Konzil nur mit „Küche, Keller und andrer Uebermäßigkeit der Geistlichen" zu beschäftigen. Aber warum sollte Kaiser Karl nicht nach dem Beispiel seiner Vor= fahren auch Macht haben, ein solches Konzilium berufen zu lassen und durch Hilfe und Rat der Kurfürsten, Fürsten und andrer Stände des heil. Reiches mit den Geistlichen verschaffen, daß die alten löblichen Ordnungen und Satzungen wiederhergestellt würden? Gern würde er Luther beistimmen, wenn seine Forderungen nicht weiter gingen. Aber Luther geht auf Vernichtung des Priester= standes in der Kirche aus.[179] An diesem aber hängt die Kirche. Denn als Christus gen Himmel fuhr, gab er Petrus und den Aposteln seine Gewalt, durch ihre Handauflegung Priester und Bischöfe zu weihen. Auch Paulus bedurfte erst der Weihe durch die Apostel, ehe er priesterliches und bischöfliches Amt ausüben durfte — die Lehrer streiten freilich darüber, ob er diese Weihe in Antiochien (Apgsch. 13) oder in Jerusalem (Gal. 2) erhielt. Zwei greuliche „Lügen" Luthers sind daher seine Lehre, daß der Geistliche sein Amt „anstatt der ganzen Gemeinde" habe, und daß alle Christen gleiche Gewalt, gleiches Anrecht am Priestertum haben. Dies Priestertum der Gläubigen hebt die Schranken auf, die nach göttlicher Ordnung die Priester und die Laien von einander scheiden. Wenn in der Schrift an einzelnen Stellen den Christen der Priestername beigelegt wird, so geschieht das nur, weil sie durch die Taufe „Glieder sind des ewigen Priesters Christi". Diese „laiischen" Priester dürfen Opfer des Lobes, des Gebetes, der Barmherzigkeit, der Keuschheit u. s. w. opfern; aber die geweihten Priester opfern den zarten Fronleichnam Christi und verwalten die heil. Sakramente der christlichen Kirche. Die laiischen Priester haben keine Macht in der Kirche, sie sollen nicht regieren, sondern regiert werden; sie haben auch keine sonder= liche Würde, sie sind nur „schlechte Laien". „Aber unsre Priester= schaft ist eine solche Würdigkeit, der keine — nach Gott — im Himmel und auf Erden gleichen mag. Derhalben die Priester in der Schrift nicht Menschen, sondern Engel genannt werden."[180]

Es ist der Kirchenbegriff der ihn von Luther scheidet. Die sichtbare, von den Aposteln gegründete und geordnete, von den „lieben Vätern" mit Satzungen, Brauch, Uebung und altem Herkommen ausgestattete, „mit dem Zeichen des Kreuzes, Weihwasser, geweihtem Salz, St. Johannes Segen wider alles Gift und Zauberei, den h. Sakramenten und dgl. Sachen viel" ausgerüstete Kirche, die vom Orient bis zum Occident durch die ganze Welt ausgegossen ist, ist Gottes Freundin und Braut, ohne Runzel und Makel. Sie kann uns nicht betrügen, denn sie wird vom h. Geist regiert. Auf dieser Mutter und ihrer Unterweisung steht der Glaube ihrer Kinder. Wer ihr folgt, der fällt in keine Schuld unziemlicher, vermessener Neuigkeit.[181] Von diesem Standpunkte aus ist es leicht zu erweisen, daß Luther ein seelenverderbender Ketzer ist. Der Kampf gegen ihn darf freilich nicht mit dem „Schwert" allein, d. h. der h. Schrift geführt werden, sondern zugleich mit dem „langen Spieß", d. h. der kirchlichen Tradition. Und wer die Schrift gebraucht, soll nicht, wie Luther thut, das Schwert „in der Scheide, d. i. in dem Buchstaben oder schriftlichen Sinne", stecken lassen, sondern es entblößen, d. h. den heimlichen, geistlichen Sinn hervorziehen, wie Origenes, Hilarius, Picus, Reuchlin und Faber Stapulensis uns bezeugen. Lieber Virgil und Homer mit geistlicher Auslegung, als die h. Schrift nur nach dem Buchstaben.[182]

Sehen wir uns das „entblößte Schwert" ein wenig an. Da weiß Emser, daß Salomo im hohen Liede alles von der christlichen Kirche geistlicher Weise geweißsagt hat. Aus Sprichw. 27, 23: „fleißig sollst du kennen das Angesicht deines Viehes" läßt sich das Recht der Priester, Beichte zu hören, ableiten. Der große Saal, zu dem Christus Mark. 14, 15 seine Jünger entsendet, ist die christliche Kirche, der Hauswirt und Hausherr aber Petrus. Das königliche Priestertum 1. Petri 2 ist keineswegs nur von dem „laiischen" Pristertum aller Christen geredet, sondern vor allem von dem „kirchlichen" Priestertum der geweihten Priester; denn warum hätte sonst wohl Petrus den alttestamentlichen Ausdruck „priesterliches Königreich" in „königliches Priestertum" umgewandelt, als weil „Könige und Fürsten und Herren vor diesem Priestertum die Knie beugen und als Schafe den Papst erkennen als ihren obersten Hirten"? Und fragt man Emser, warum in aller Welt denn diese seine geistlichen Deutungen richtig seien, so antwortet er stolz mit Berufung auf die Autoritäten großer Kirchenlehrer: „Tritt hervor, du alter grauhäuptiger, bärtiger Ritter, heiliger und lieber Patron, Sancte Hieronyme! Tritt hervor, du ehrwürdiger alter Ritter und Hauptmann, du heiliger Bischof S. Ambrosius! Tritt hervor, du unüberwindlicher Held, und alter Lehrer der christlichen Kirche, h. Vater Augustinus! Tritt hervor, du teurer Ritter und alter Märtyrer, h. Origenes! 2c."[183] Daß Luther dies „Schwert" stumpf fand, ihm gegenüber erst recht den natürlichen, buchstäblichen Sinn der Schrift betonte und die Spielerei geistlicher Einfälle mit dem Schriftwort scharf abwies, ist begreiflich.

Aber auch wenn sich Emser zu eigentlichem Schriftbeweis anschickt, erscheint seine Waffe stumpf. Hören wir seinen Beweis für die Austeilung des Abendmahls unter einer Gestalt. Christus rede ja doch (Joh. 6) 12 mal vom Brote und nur einmal vom Trank; zweimal habe er in der Wüste für das Volk nur Brot, nicht zugleich Wein gesegnet, ebenso in Emmaus nur Brot gebenedeit. Nur seinen 12 Aposteln hat er das eine Mal auch den Wein gegeben. Von allen Aposteln erwähnt dann nur noch Paulus in den Briefen an die Korinther den Wein; aber deren Weise, Abendmahl zu halten, lobe er ja bekanntlich nicht, sondern kündige ihnen an, daß er bei seinem Kommen sie eine bessere Ordnung lehren werde.[184] Oder man sehe, wie er den Priestercölibat mit den unbequemen Schriftaussagen in Einklang bringt. Die Stellen in den Pastoralbriefen, die bei den zu Bischöfen zu Wählenden das Requisit stellen, daß sie „eines Weibes Mann" seien, wollen nur besagen, daß, falls sie vor ihrer Priesterweihe verheiratet gewesen, sie nicht mehr denn eine gehabt haben dürften. Die Apostel haben nämlich im Anfang der Kirche nicht immer junge oder ledige Gesellen finden mögen, die da geistlich werden wollten; darum haben sie „aus Not" auch betagte und eheliche Männer dazu nehmen müssen. Aber diesen rieten die Apostel getreulich, fortan sich ihrer Weiber zu enthalten. Wie denn die Apostel selbst auch thaten, — wiewohl vermutlich keiner außer Petrus verheiratet gewesen sein wird, dieser aber verließ „alles", also auch sein Weib zugleich mit seinem Schifferberuf. Wieder fragen wir: woher

weißt du diese Phantasterei? Er antwortet uns zuversichtlich:
so schreibt der heil. Hieronymus![185]

So ist schon sein Schriftbeweis eigentlich Traditionsbeweis,
d. h. er liest die Schrift und versteht sie nach dem, was seine
Autoritäten in sie hineingelesen haben. Unter der Hand ver=
wechselt er sein Schwert mit dem „langen Spieß". Es ist gewiß
anerkennenswert, daß er so fleißig und eifrig die Kirchenväter
gelesen und so viel Material aus ihnen ins Gefecht führt. Eine
respektable Belesenheit tritt uns hier entgegen. Aber freilich täuscht
er sich auch über das Alter mancher dieser Autoritäten. So
unterliegt er einer geradezu verhängnisvollen Täuschung in Bezug
auf den sogen. Dionysius Arcopagita, den er in der Ausgabe
des Faber Stapulensis benutzte und mit besonderer Vorliebe zitierte.
Indem er diesen Unbekannten, der frühestens am Ende des
4. Jahrhs. schrieb, noch für den Apgsch. 17, 34 genannten Schüler
Pauli — nach mittelalterlicher Legende — ansieht, obgleich diese
groteske Fiktion schon von verschiedenen Seiten kritisch angefochten
worden war, ist es ihm leicht, aus ihm eine Menge von kirchlichen
Einrichtungen als schon von den Aposteln aufgesetzt, zu erweisen.
„Denn er die Dinge alle von seinem Meister, dem h. Paulus,
erfahren und beschrieben hat." Immer wieder spielt er diesen
„Jünger Pauli" gegen Luther aus, ohne eine Ahnung davon zu
haben, wie ungeschichtlich er dabei verfuhr. Ebenso lebt er des
Glaubens, daß die sogen. Canones Apostolorum natürlich von
den Aposteln selbst abgefaßt sein müßten, und beweist daher aus
ihnen Anordnungen der Apostel.[186] Er hat ein harmloses Zu=
trauen zu den Legenden, deren Ungeschichtlichkeit zu erkennen ihm
jedes Organ fehlt. So erzählt er in bitterem Ernste, bei der
Teilung der Welt unter die Apostel sei der Occident Petrus und
Paulus sonderlich befohlen worden. Darum haben diese uns
Deutschen gleich anfangs den Glauben Christi und alle ihre
Ordnung und Satzung verkündigen lassen; Petrus sendet Maternus,
Eucharius und Valerius nach Straßburg und Trier, Paulus aber
den Crescens nach Mainz und Köln.[187] Die Klöster haben ihren
Ursprung von den Conventen und Häusern der Propheten auf
dem Berge Karmel und am Jordan. Die h. Thekla aber hat
ihr Gelübde bereits in die Hände des Apostels Paulus gethan,

der sie auch samt andern Jungfrauen veliert (verschleiert) und eingesegnet hat.[158]

Gegen Luther erhebt er den dreifachen Vorwurf, daß er Hussit sei, daher hussitisches Gift wieder in die Kirche einführe und die Böhmen gegen die Deutschen hetze — unermüdlich trägt er diese Anklage in immer neuen Variationen vor —; daß er die Grundlagen der katholischen Kirche: Papst, Priestertum, Messe, Geltung der Tradition, zerstöre; daß er an den revolutionären Erscheinungen der Zeit schuld sei. Darum ist es Pflicht der geistlichen und weltlichen Obrigkeit, mit ihren Machtmitteln diesen Ketzer und seinen Anhang auszurotten. Vom Ketzerverbrennen ist er ein großer Freund; wie das Konzil zu Kostnitz Hus und seine Gesellen gestraft und zum Teil zu Pulver verbrannt hat, so sollte die Kirche jetzt Luther strafen, als offenbaren und verstockten Ketzer. „Es wäre hohe Zeit, daß die Landesfürsten den Erzbischöfen und Bischöfen Beistand täten, damit Luthern das Kantate gelegt, die deutschen Pickarden (Hussiten) in etlichen Städten gedämpft, Drucker und Buchführer, die seine und andere Schandbücher wider päpstliches und kaiserliches Verbot drucken und ausbreiten, gestraft werden möchten."[159]

In welchem Zerrbilder erschien ihm auch der Mann, den ein so großer Teil der deutschen Nation mit Jubel als Befreier und als Propheten Gottes begrüßte! Er stellt einmal 20 Zeichen zusammen, an denen man Luther als „falschen Ecclesiasten" erkennen könne. Er predige ohne Befehl der Kirche und ihrer Prälaten; er breche in andre Bistümer und Pfarrkirchen ein; er greife Papst, Bischöfen und weltlichen Regenten ins Amt; er predige und strafe aus Trotz und Pochen, nicht aus Liebe; er strafe die Abwesenden, nicht die Anwesenden; er schände und lästere; er habe beim Strafen kein Mitleid mit den Sündern; er sei ungeduldig, wenn er von Andern gestraft werde; er rede harte, grobe und unverschämte Worte, führe unzüchtige Rede; er brauche als ein „verschmitzter, hinterlistiger Mönch" geschmückte und schleichende Worte, um die Leute zu verführen; er rühme sich selbst und blase sich auf; er befleißige sich einer eigensinnigen, neuen und fremden Auslegung der Schrift; er schmeichle den unkeuschen Priestern, den Weibern, Mönchen und Nonnen, dem

Abel, dem gemeinen Pöbel; er hänge sich an etliche Gewalten, um Geleit, Gunst und Schutz zu erhalten, reise nur mit reisigem Zeug als Begleitung (!); ferner: alle Welt läuft ihm zu — rechte Propheten werden aber gehaßt und verfolgt; er zieht den Sinn der Leute allein auf die zeitlichen Dinge; er treibt das Volk zum Aufruhr; er predigt den Glauben allein ohne die Werke; er bestreitet die Verdienstlichkeit unsrer guten Werke; er macht die Leute hoffärtig und ungehorsam, unkeusch, faul, gefräßig ᛉc.[190] So sieht Emsers Luther aus! Für die Seligkeitsfrage, die diesen treibt, hat er kein Verständnis, wie denn überhaupt der Kampf um die Rechtfertigung des Sünders in seiner Polemik fast ganz zurücktritt. Von der positiven, aufbauenden Arbeit des Reformators sieht er nichts, will er nichts sehen. Wie er Luthers Auftreten gegen Tetzel die niedrigsten Motive untergeschoben hat (oben S. 32), so verschmäht er auch ferner nicht, nach fleischlichen Beweggründen zu suchen. Daß ihn sinnliche Begehrlichkeit zum Kampf gegen Cölibat und Mönchsgelübde treibe, ist ihm unzweifelhaft, und unbedenklich verdächtigt er das persönliche Leben seines Gegners.[191] „Wenn Luther so viel Wasser tränke als Malvasier und süßen Wein, würde er der Unkeuschheit auch wohl vergessen", ruft er einmal gehässig aus. Und das thut derselbe Mann, der im Blick auf sein Priestergelübde schuldbewußt bekannte: „ich weiß mich meiner Keuschheit gar nichts zu rühmen."[192] Und der über Luthers harte, grobe Worte und Schmähreden klagt, schlägt selber einen Ton an, von dem man urteilen muß, daß er Scheltwort mit Scheltwort reichlich vergilt und gelegentlich auch in den Kot zu greifen nicht verschmäht.

Seine Polemik aber trifft weiter der Vorwurf, daß er das Herausreißen der Worte des Gegners aus ihrem Zusammenhange meisterlich übt und um ein ernsthaftes Verständnis seiner Meinung sich blutwenig bemüht. Aber freilich, die angstvolle Frage Luthers, wie mache ichs, daß ich einen gnädigen Gott kriege? liegt außerhalb seines Gesichtskreises, und daher fehlt ihm der Schlüssel zum Verständnis Luthers und der Reformation. Er sieht nur die oft recht häßlichen Begleiterscheinungen derselben und arbeitet sich in steigenden Widerwillen und sittliche Entrüstung hinein. So kämpft er bis zur Erschöpfung seiner Kraft — der Streit hat ihn frühe alt gemacht und den Kränkelnden vor der Zeit aufgerieben. Wer aber nun aus seinen Schriften das Verständnis der deutschen Reformation und ihrer treibenden religiösen Kraft gewinnen wollte, der würde doch nichts anderes finden als ein widerwärtiges Zerrbild. Seiner Polemik fehlt aber auch der frische Zug, der bei Luther uns auch so manche Uebertreibung und Maßlosigkeit leichter verwinden läßt; denn seine Kunst ist beständig die, daß er Luthers scharfe Pfeile auf diesen selbst zurückzuwerfen sucht. Er ist der Imitator: ein Scheltwort, das Luther gebraucht hat, giebt er diesem zurück; ein Bibelwort, das dieser auf den Papst oder eine Institution der römischen Kirche gedeutet hat, wendet Emser flugs auf Luther an — so ist er immer das Echo Luthers, nur mit Veränderung der Front. Dies Verfahren zeugt von einem kleinen Geist und wirkt, sowie man Luther und Emser nach einander liest, nur ermüdend.

Auch ein Wort über Emser als Prediger kann hier an= geschlossen werden. Freilich, das ganze Material, das wir in dieser Beziehung besitzen, ist eine einzige Predigt, die er am 30. September 1523, dem Tag des h. Hieronymus, im Jungfrauen= kloster zu Leipzig, d. h. bei den Benediktinerinnen zu St. Georg vor dem Petersthore, gehalten hatte.[193] Er hätte sie nicht in Druck gegeben, wenn er nicht „Wittenbergische und Lutherische" in der Kirche erblickt hätte, von denen er befürchten mußte, daß sie ihm hernach „irgend einen Schuster oder Schneider auf den Pelz schickten", ihm seine Worte zu verkehren und um seinetwillen dann auch die Universität zu lästern. So gab er sie selber heraus, eine Auslegung von Lukas 11, 33—36. Auch hier betont er den Wert geistlicher, d. h. allegorisierender Schriftauslegung. Das Wort Gottes ist nicht an den Buchstaben gebunden, wir müssen den unter= dem Buchstaben verborgenen tiefern Sinn suchen. Der Text redet von einem Licht; damit bezeichnet die Schrift bald Christus, bald die Prälaten, bald den Glauben, bald das Wort. Die beiden letzteren Bedeutungen kommen hier in Betracht: „niemand zündet ein Licht an" — da ist der Glaube gemeint, der am Wort angezündet wird. Dieses Licht setzt man auf den

Leuchter, d. h. der Glaube muß mit guten Werken verbunden sein, nicht, wie die falschen Ecclesiasten jetzt lehren, die alles auf Christum schieben und lehren, daß die Werke nicht nötig seien. Das alleredelste Werk aber ist die Buße. Solch ein Mann, der Glauben und Werke verband, war der h. Hieronymus, den jetzt die Ketzer hassen, weil er jungfräuliche Keuschheit hoch erhoben und dem Ehestand vorgezogen hat. Daher wird in einer Abschweifung jetzt erwiesen, wie hoch Christus und die Apostel das jungfräuliche Leben geachtet haben (Matth. 19. 1 Kor. 7. Offenb. 13.). Darum sind aber auch Klosterleute schuldig, ihre Gelübbe zu halten, auch wenn sie als Unmündige Profeß gethan und nicht alsbald beim Eintritt der Mündigkeit ihr Gelübbe ausdrücklich revoziert haben. Im zweiten Teil seiner Predigt will er lehren, wie unsre Werke ganz rein und vollkommen werden können. „Das Auge ist des Leibes Licht" — der Leib bedeutet die Werke, das Auge die inwendige Meinung oder den Vorsatz. Unsre Werke sind nun gut oder böse, je nachdem der Vorsatz gut oder böse ist. Sind aber auch die Werke ganz böse, so bleibt doch das Licht des Glaubens in uns leuchten, was die bösen Ketzer mit Unrecht bestreiten. Sowie man den Scheffel, d. h. den Deckmantel der Sünde, von dem Licht wegnimmt, — das geschieht durch die Beichte — so brennt das Licht wieder hell. — Andre Predigten von ihm sind nicht bekannt geworden. Auf einer Verwechslung mit Georg Witzel beruht es wohl, wenn später einmal die Nachricht verlautet, seine Postille sei gleich nach dem Tode Herzog Georgs durch Kurfürst Johann Friedrich „ins Wasser versenkt", man wolle sie aber demnächst neu ans Licht kommen lassen.[194]

VIII. Kapitel.

Emsers Ruf bei Freund und Feind.

Es konnte nicht ausbleiben, daß der Mann, der seit 1519 vornan unter den Gegnern Luthers gestanden und unermüblich eine Schrift um die andre gegen ihn hatte ausgehen lassen, auf der ganzen Linie der Anhänger der Reformation Gegenstand scharfer Angriffe wurde. Sehr natürlich aber auch, daß sich diese gegen ihn sehr bald in die Form bitteren Spottes kleideten. Dazu hatte er selbst durch sein Bockwappen und durch sein eignes Spielen mit dem Bocknamen nur zu sehr herausgefordert; die Verbindung von polterndem Eifer und heftiger Deklamation wider Luther mit so viel schwachen und hinfälligen Argumenten war wenig geeignet, ihm bei den Gegnern Achtung zu verschaffen. Seitdem noch gar Luther selbst mit überlegenem Spotte seine Antwort „auf das überchristliche, übergeistliche und überkünstliche Buch Bocks Emsers" mit dem Motto eröffnet hatte: „Lieber Bock, stoß mich nicht!" hatte er unzweifelhaft die Lacher auf seiner Seite. Man brauchte nur den ersten Satz in dieser Schrift Luthers gelesen zu haben: „Siehe, Bock Emser, bist du der Mann mit dem langen Spieß und kurzen Degen? Behüte Gott vor Gabelstichen, die machen drei Löcher" — so wußte man auch, welchen Ton man gegen diesen Lutherfeind anschlagen sollte.[195] So mußte denn Emser, besonders in den ersten Jahren des Kampfes, sich in der Flugschriftenlitteratur bös durchhecheln lassen. Der Erfurter Poet Coban Hessus, der noch im Jahre 1514 mit ihm gemeinsam dem Leipziger Magister Dungersheim von Ochsenfart zu einer lateinischen Streitschrift nach der Mode der Zeit Beigedichte geliefert hatte, nahm ihn schon 1520 aufs Korn, als er in Verbindung mit Erfurter Freunden seine Epigramme gegen den Gegner des großen Erasmus, Eduard Lee, herausgab. Dem Erasmusfeinde stellt er die Feinde Reuchlins und Luthers zur Seite, unter ihnen Eck, den Ketzerjäger, und Emser, den Ziegenbock, der Latiums Gärten verunreinigt.[196] Und zum zweiten Male spitzte er wider ihn die Feder, als er im Mai 1521 seine Elegieen zum Lob und zur Verteidigung Luthers erscheinen ließ. Am Schlusse dieser Dichtungen ist eine „Invective gegen die Luthergeißel Hieronymus Emser" beigefügt, in der das Bild von dem wütenden und stoßenden und zugleich räudigen Bock weiter ausgeführt wird. Ein Schlußgedicht aber wendet sich ermunternd und Beifall spendend an die Verfasser der in Wittenberg wider den Bock erschienenen „Posse" und giebt zu erkennen, daß er in seinem alten Erfurter Freunde, der damals vorübergehend in Wittenberg weilte, dem Poeten Christoph Hacke (Hacus) den

Hauptverfasser vermutete.[197] Damit spielt Eoban auf eine sehr selten
gewordene Flugschrift an, die im Frühjahr 1521 unter dem Titel:
„Ludus in Caprum Emseranum" in Wittenberg erschienen war.
Diese Posse bringt zunächst ein Gespräch zwischen dem Nacht=
gespenst der griechischen Mythologie Empusa und Emser, in dem
jene diesem klar macht, daß er bisher mit Lanze, Schwert und
Dolch recht unglücklich gegen Luther gefochten habe. Sie über=
giebt ihm für die Fortsetzung des Kampfes einen Bogen und
Pfeile, mit denen er glücklicher kämpfen werde. Und als er ver=
wundert fragt, was diese Waffen nützen sollten, erklärt sie ihm,
das seien die Waffen der Finsternis, mit denen man die auf=
richtigen Herzen besiegen könne, nämlich unverschämte Lügen, die
man am besten durch Eide und Beteuerungen bekräftige; besonders
wirksam sei es, wenn man vorgäbe, aus dem Munde der Freunde
Luthers selbst allerlei Böses vernommen zu haben. Eine kleine
Sammlung von lateinischen Spottgedichten, unter denen auch ein
„Epitaphium" nicht fehlt, bilden den zweiten Teil der kleinen
Schmähschrift. Eoban Hessus verschmähte es nicht, am 9. April 1522
dem Verspotteten selber seine Lutherelegieen mit einem Begleit=
schreiben zuzusenden, das diesen noch schwerer reizen mußte. „Er
wunderte sich darin, daß Emser ihm noch nicht für die bewiesene
Aufmerksamkeit gedankt, fragte ihn, was die „Stänkereien" gegen
Luther sollten; er wolle wohl seinen Geist üben? und bat, auch
ihm aus seiner poetischen Ader etwas zuströmen zu lassen." Emser
hat, so viel wir wissen, auf diese Anzapfung nicht geantwortet.[198]
Inzwischen hatte auch sein ehemaliger Freund Willibald Pirkheimer
sich nicht versagen können, in seinem beißenden Pasquill gegen
Eck, dem berühmten „abgehobelten Eck", an Emser sich zu reiben;
denn da, wo er die Zauberin Canidia einen Bock herbeischaffen
läßt, auf dem der Arzt, der dem kranken Eck Hilfe leisten soll,
durch die Lüfte zu ihm reiten kann, läßt er den Arzt die Frage
thun: „ist das etwa der Emsersche Bock?" „nein", sagt die Zauberin,
„aber es ist der Bruder seines Onkels."[199] Auch in manch anderer
Flugschrift von 1521 und den nächstfolgenden Jahren gehört
„Bock Emser" zu den stehenden Figuren, sowie es gilt, Luthers
Gegner einzuführen und sie dem Gespött preiszugeben. Eine
wohl in Wittenberg selbst von Luthers Schüler und Freund

Johann Agricola 1521 verfaßte Schrift macht ihm dabei speziell
noch folgenden Vorwurf:

> Ich glaub, der Bock hab' also gedacht
> Daß er hätt' gern zu Weg gebracht
> Feindschaft unter gesippten Fründen,
> Allda ein Feuer anzuzünden —[200]

und möchte ihn damit wohl verantwortlich machen für die steigende
Entfremdung zwischen dem Kurfürsten Friedrich und Herzog Georg
von Sachsen. Aus Anlaß der Streitschriften zwischen Emser
und Luther während des Jahres 1521 hatte ein Unbekannter,
der sich nur mit den Buchstaben R. S. M. unterzeichnete, eine
„Warnung an den Bock Emser" ausgehen lassen, die sich über
ihn lustig machte, daß er seine Weisheit in seinem Kampfe mit
Luther aus den Büchern der Alten entlehne, aber nur nach den
kleinen Aesten greife, an die großen Zweige sich nicht wage. In
recht schlechten Versen wird ihm vorgeworfen, ihn dürste sehr nach
Luthers Blut,

> Nach eigner Ehr, zeitlichem Ruhm,
> Ob ihm möcht werden reiche Pfrum (Pfründe) — —
> Aus Neid hat er's gefangen an,
> Den sein Gesicht nit bergen kann;
> Noch darf er schwören tapfer frei,
> Daß er ein Priester Gottes sei,
> Bewegt aus christenlicher Treu,
> Zu dämpfen Luthers Lehr, die nennt er neu...

> Sprechen ich muß,
> Daß ich von Emser all mein Tag,
> Mit Ernst nie hab' gehört die Sag,
> Daß Emser sei Theologus
> Oder berühmt Philosophus;
> Die Wahrheit, so ich's sagen soll,
> Hab ich gehört fast überall,
> Bock Emser sei ein Versifer,
> Wiß' etwas säuberlichs Geschwätz...
> All G'lahrte deutscher Nation
> Treiben aus dir viel Spott und Hohn,
> Desgleichen all, die gern lebten recht,
> Wie leben soll ein Gottesknecht...

> All Welt dürst't jetzt nach Gottes Wort,
> Wie man das merket hier und dort;
> Darum weich ab, du Satanas;
> Gieb Christo Statt! — ..[201]

Gegen diesen Anonymus griff Emser zur Feder mit einer „Antwort auf die Warnung oder Schandbuch) durch ungereimte Reime ohne einen Namen ausgegangen" und schüttete hier, gleichfalls in Versen, seinen Groll auf den Dichter aus, der sein Libell, ohne seinen Namen dabei zu bekennen, habe ausgehen lassen, und fragt, womit er denn so bösen Lohn verdient habe,

> Daß ich die deutsche Nation
> Verwarnet und geschrieben frei
> Von Luthers Lehr und Ketzerei,
> Den Kaiser, Papst und alle Welt
> Für ein'n verdammten Ketzer hält?

Und hat nicht Luther etwa auch seine Weisheit aus den Büchern andrer entlehnt?

> Dazu so schreibt er selber auch
> Aus Hussens Buch, dem alten Gauch,
> Wickleff und andrer Ketzer mehr —
> Ich folg den alten Vätern nach. [202]

Noch fataler mußte ein „Lieblein von dem Bock von Leipzig" wirken, in dessen 6. Strophe die Worte sich finden:

> Bocks Priester, lieber Domine,
> Von wannen kommt ihr her?
> Ich sollt' euch sagen: parcite!
> Wer der fromm Emser wär —

ein Spottvers, den uns später Erasmus Alberus als allgemein bekannt geworden und viel gesungen bezeugt, wenn er in seiner Fabel „von der Stadtmaus und Feldmaus" erstere, um diese in fröhliche Laune zu versetzen, unter anderm auch das schöne Lied

> Bocks Emser, lieber Domine,
> Man sollt euch sagen parcite,
> Sagt mir, von wannen kommt ihr her?

anstimmen läßt. In den Tagen des Interims erinnerte man sich wieder seiner und sang nun in neuer Parodie: „Herr Grickel (Agricola), lieber Domine" im Ton „Bock Emser, lieber Domine".

Und noch 1566 fällt Sebastian Fröschel, Emsers altem Bekannten von der Leipziger Disputation her, bei der Erinnerung an ihn alsbald das Verschen ein; es „kam", so erzählt er, „Bock Emser lieber Domine, Von wannen kommt ihr her? Man sollt euch heißen Parcite, Wer der fromme Emser wär — derselbige Bock Emser kam zu mir."[203]

Besonders unangenehm wurde ihm aber, daß seine Gegner einen an ihn selbst gerichteten Brief der bekannten Charitas Pirkheimer, der Aebtissin des Klarissenklosters in Nürnberg und Schwester Willibalds, mit spöttischen Glossen herausgaben. Diese dem katholischen Glauben mit unerschütterlicher Treue ergebene Nonne hatte am 6. Juni 1522 aus Nürnberg ein längeres Schreiben halb in deutscher halb in lateinischer Sprache an Emser gerichtet, in dem sie mit weiblicher Ueberschwänglichkeit ihm ihre Bewunderung und Verehrung ausgesprochen hatte.[204]

Sie hatte ihm erzählt, mit welcher Freude sie jede neue Schrift von ihm empfange und studiere, wie sie bei Tische in ihrem großen Konvent von 60 Schwestern aus ihnen vorlesen lasse, wie sie dieselben, soviel in ihren Kräften stehe, auch unter den Mönchen der Stadt, bei den Priestern und unter der Bürger=schaft verbreite. Sie erzählte ihm weiter, wie sie ihren Konvent zum Gebet für ihn anhalte, und wie eifrig man bei der Nachricht, daß er krank sei, für ihn gebetet habe. Sie rühmt ihn als den einzigartigen katholischen Gelehrten der Zeit, als Schutz und Trost der verlassenen Schäflein Christi, als die feste Säule der Kirche und den Verteidiger der christlichen Wahrheit, den sie mit der ganzen Inbrunst ihres Herzens verehre. Daneben klagt sie in starken Worten über die Fortschritte der Reformation in Nürnberg; die Stadt sei jämmerlich vergiftet, und das sei aller=meist Schuld ihrer Regenten. Aber doch seien noch viel frommer Christen zu Nürnberg, die ihre Knie noch nicht vor dem neuen Abgott gebeugt hätten. Wer will es Emser verdenken, daß ein solcher Brief ihm sehr wohl that und ihm schmeichelte! Er zeigte ihn andern Personen, ließ auch Abschrift von ihm nehmen, und es dauerte nicht lange, da war eine solche Abschrift auch einem seiner Gegner in die Hände gekommen. Plötzlich erscheint ein Abdruck dieses Briefes mit bitterbösen, spöttischen Randglossen,

die nicht allein ihn persönlich als den „Jungfrauentröster, wie
wohl er sonst häßlich genug ist", verspotteten, sondern auch darauf
hinwiesen, daß hier die „löbliche und christliche Stadt und ihre
frommen Regenten" geschmäht seien. Der unbekannte Heraus=
geber hatte es sich auch nicht versagen können, hie und da mit
zweideutigen Worten über die Schreiberin des Briefes zu witzeln
und sie vor zu großer Inbrunst gegen einen Mann zu warnen.
Das war eine fatale Sache, und Emsers Wahrheitsliebe wurde
jetzt auf eine harte Probe gestellt. Am liebsten hätte er geleugnet,
überhaupt diesen Brief empfangen zu haben. Er macht einen
Ansatz dazu in der Form, daß er sagt, er könne ja freilich nicht
wissen, ob die fromme Aebtissin wirklich die Verfasserin des bei
ihm eingetroffenen Briefes sei; ja das sei unwahrscheinlich, da sie
unzweifelhaft in diesem Falle einen ganz lateinischen Brief ihm
geschrieben haben würde, da sie dieser Sprache hinreichend mächtig sei.
Weiter versucht er den Glauben zu erwecken, als wenn der ge=
druckte Brief eine Verfälschung des in seiner Hand befindlichen
Originals sei. Aber der Beweis dafür mißglückt vollständig, da
er nur ein paar Worte anführen kann, in denen der Druck von
der Handschrift abwich, und in diesen handelte es sich einfach teils
um Druckfehler, teils um unwesentliche Lesefehler von Seiten des
Abschreibers. Freilich behauptet er nun, daß die bedenklichste
Stelle des Briefes, jene Anklage gegen die Regenten der Stadt
Nürnberg, vom Herausgeber des Briefes arglistig eingeschmuggelt
sei und im Original nicht stehe. Es ist zu befürchten, daß Emser
hier seiner von ihm selbst gerühmten, schwäbischen Freimütigkeit
und Aufrichtigkeit nicht treu geblieben ist, sondern sich verpflichtet
gehalten hat, mit einer kleinen Lüge der durch seine Indiskretion
in Verlegenheit gebrachten Charitas zu Hilfe zu kommen. Denn
in dem Briefe, den ihr Bruder Willibald in dieser Angelegenheit
an Emser richtete, lesen wir den Satz: „wenn nur der Rat nicht
so kritisiert worden wäre, dann hätte sich die Sache leicht beilegen
lassen, aber das Verhängnis hat es so gewollt."[205] Danach hat
Willibald nicht daran gezweifelt, daß seine Schwester auch diese
angefochtenen Worte von den Regenten Nürnbergs thatsächlich
geschrieben hatte. Emsers öffentliche Entgegnung[206] suchte die
auf Nürnberg bezüglichen Worte des Briefes auch sonst nach

Möglichkeit zu rechtfertigen, und mit vollem Rechte verwahrte er die fromme Jungfrau gegen die unreinen Glossen des Herausgebers, die ja einer Charitas Pirkheimer gegenüber sehr übel angebracht waren. Aber die Sache bekam noch ein Nachspiel für Emser, indem der Bruder der Aebtissin sich in einem längeren Schreiben mit ihm auseinandersetzte. Den Anlaß dazu hatte Emser selbst dadurch gegeben, daß er einen Entschuldigungsbrief wegen des ganzen Vorfalles an diesen seinen alten Freund gerichtet hatte. Darauf antwortete Pirkheimer am 10. August 1523.[207] Er selbst stand damals in der Periode seines Lebens, die sein trefflicher Biograph Drews mit der Aufschrift „Ueber den Parteien“ charakterisiert hat. Für diese seine Stellung zwischen einem Luther und einem Emser ist auch dieser Brief überaus lehrreich; doch er kommt uns hier nur in Betracht, insofern er seine Stellung zu Emser beleuchtet. Wir lernen daraus, daß seit dem Jahre 1519, also seit Emsers öffentlichem Auftreten gegen Luther, ihre Beziehungen eine Störung erlitten hatten. Pirkheimer hatte ihn damals ermahnt, in der Polemik doch der beleidigenden und schmähsüchtigen Worte sich zu enthalten. Seitdem hatte Emser die Korrespondenz abgebrochen, obgleich ihm Pirkheimer jetzt noch eine seiner Schriften gewidmet hatte. Damit spielt Pirkheimer auf einen eigentümlichen Schalksstreich an, den er Ende 1519 Emser zugefügt hatte. Ja, er hatte ihm damals seine Uebersetzung von Lucians Rhetor gewidmet;[208] aber mit welchen Empfindungen hatte dieser wohl diese Ehrung aufgenommen? In verbindlichster und freundschaftlichster Form plaudert Pirkheimer über den Wert der griechischen Sprache und Litteratur, stichelt auf die „Barbaren“, die ihn zusammen mit dem Grafen von Neuenar und Hutten wegen ihrer Parteinahme für den herrlichen Reuchlin verfolgt hätten, und behandelt dabei Emser vollständig als seinen Gesinnungsgenossen. Jetzt, so fährt er fort, fangen auch edle Fürsten an, diese schönen Wissenschaften zu pflegen. Ihnen leuchtet — Friedrich der Weise voran (man denke an die Eifersucht zwischen dem Albertiner und dem Ernestiner!), der Gründer der Wittenberger Universität (man denke an die Eifersucht Leipzigs auf Wittenberg!). Diese nimmt es nicht nur mit den alten Hochschulen auf, sondern steht auch keiner der gegenwärtigen nach), ist den meisten von ihnen überlegen. Eher könnte man die Sterne zählen, als diese Werkstätte der Wissen= schaften nach Verdienst loben oder die Leistungen ihrer Gelehrten genugsam feiern. Sind doch die Weisen von Wittenberg die ersten gewesen, die uns auch in der Theologie die Augen zu öffnen, Wahres vom Falschen zu unterscheiden, die Theologie von falscher philosophischer Methode frei zu machen angefangen haben. Nach diesen für Emsers Ohren so übel lautenden Worten fährt der Schalk fort: „den Spuren dieses großen Fürsten folgt nun auch dein Herr, Herzog Georg, und sorgt so vortrefflich für die Leipziger Universität." Und nun plaudert er weiter von ihrer alten Freundschaft und stellt sich ihm als einen der Heerführer in den Scharen der Reuchlinianer gegen die Barbaren vor, „denn ich weiß ja, daß du auch ein sonderlicher Feind jener Verruchten bist und in der Reuchlinschen Feldschar als eifriger Vorkämpfer giltst." Emser mochte wohl — grade jetzt, wo er sich angeschickt hatte, seine Lanze gegen Luther einzulegen und Ecks Genosse zu werden — nicht recht gewußt haben, wie viel er an diesem Briefe für bare Münze nehmen sollte. Wie fatal, jetzt in gedruckter Widmung vor aller Welt so offen als Freund der Reuchlinianer und gar der Wittenberger Theologie in Anspruch genommen zu werden! So hatte er denn seit diesem Briefe geschwiegen. Doch zurück zu Pirkheimers Schreiben von 1523. Spitzig führt ihm Pirkheimer dabei zu Gemüte, er wisse wohl, daß Emser jetzt die Freundschaft mit ihm verläugnet habe, da er gemerkt, daß der Name des Nürnbergers in gewissen Kreisen anrüchig geworden war; dabei benutzt er die Gelegenheit, ihm zu erzählen, wie er alle seine alten Freunde ermahne, aus dem Kampfe der Gegenwart den bissigen Ton der Streitschriften hinweg zu thun, aber freilich für diese Mahnungen bisher wenig Gehör gefunden habe. Wenn nun Emser in seinem Entschuldigungsbriefe ihm angekündigt hatte, er schreibe jetzt eine Kritik der lutherschen Ueberfetzung des Neuen Testamentes, so antwortet ihm Pirkheimer spitz und fein, er habe das mit Bedauern gehört, denn besser sei es Selbständiges zu leisten, als anderer Arbeiten zu zerpflücken. Die bisherige Ueber= setzung des Neuen Testamentes (die mittelalterliche) sei ja offen= kundig völlig ungenügend; Emser selbst aber würde doch wohl

an einer neuen Uebersetzung weniger Mühe gehabt haben, als
an einer Kritik und Bemängelung der von Luther gebrauchten
Ausdrücke. Wollte er selber Neues leisten, dann würde die Welt
merken, daß es ihm um den Nutzen der Christenheit zu thun sei
und daß nicht nur der Neid gegen Luther ihn zur Arbeit treibe.
Vielleicht daß dieser Brief dazu mitgewirkt hat, daß Emser wirklich
den Versuch machte selber eine deutsche Ausgabe des Neuen
Testamentes zu liefern (oben S. 64 ff.).

Emsers Eintreten in den litterarischen Kampf der Zeit hatte
ihm bei den Gegnern Spott und Hohn, bei alten Freunden Ver=
stimmung eingetragen; noch übler war es, daß die Repräsentanten
der katholischen Kirche selbst, in deren Interesse er sich doch so
redlich mühte, die Bedeutung seiner Arbeit so wenig anerkannten
und ihm so wenig Unterstützung gewährten. Die Klagen der
litterarischen Verfechter des Papsttumes gegen Luther über diesen
Mangel an Verständnis auf Seiten der Kirchenfürsten, über die
Schwierigkeit, ihre Schriften zum Druck zu schaffen, über die
Geldopfer, die sie dafür bringen müßten, sind ja bekannt. Auch
Emser hat diese Not zu erfahren bekommen. Wir erkennen das
aus dem jüngst veröffentlichten Briefwechsel seines Freundes
Cochläus mit dem päpstlichen Legaten Aleander aus dem Jahre
1521.[209] Unermüdlich macht Cochläus den Legaten auf die Be=
deutung des litterarischen Kampfes aufmerksam und unermüdlich
empfiehlt er ihm dabei auch seinen Freund Emser. „Der treff=
liche Emser beschwert sich, daß er die großen Mühen und Kosten
nicht länger ohne Unterstützung tragen könne, denn er zieht aus
seiner Pfründe nicht über 80 Gulden Einkünfte. Ich habe ihn
getröstet, er möge nur noch ein wenig aushalten, bis Antwort
von dir oder von Marinus [Caraccioli, der zweite Legat in
Deutschland] bei mir eingetroffen sei. Ich wünschte, daß nur der
eine Emser gegen Luthers Schriften aufgetreten wäre. Was hat
Prierias genützt, was der Franziskaner Alveld, was Eck, was
der aus Cremona, was Murner, was die Kölner und Löwener,
was jüngst die Pariser? Nur Emser steht unbesiegt da! Die
andern sind, sobald sie nur ein Buch veröffentlicht hatten, sofort
so ausgepfiffen und eingeschüchtert worden, daß sie fortan den
Mund halten; aber mein Emser ist bisher noch nie auch nur

einen Schritt breit gewichen. Er ist ebenso beredt in lateinischer wie in deutscher Sprache, und alle Lutheraner bekennen, daß niemand Luthern kräftiger bekämpft hat als er. Und doch wird er so lange völlig ohne Unterstützung gelassen! Wollt ihr für mich nicht sorgen, so sorgt wenigstens für ihn." Er trägt dem Legaten weiter den Wunsch vor, es möchten wenigstens die Mittel bewilligt werden, um unter den Hauptbekämpfern Luthers einen eignen Botendienst unterhalten zu können, damit sie ohne Gefahr vor Verrat ihrer Briefe miteinander korrespondieren könnten. Er macht dann wieder den Vorschlag, die Kurie möge veranstalten, daß sie beide zu gemeinsamem litterarischem Kampfe an demselben Orte wohnen könnten. Aber kühl erklärt Aleander, kein Geld für Emser zu haben, und bleibt taub gegen die Vorschläge zu besserer Organisation des Kampfes. Oder er vertröstet auf spätere Zeiten, wenn er erst wieder in Rom sein werde, und sucht damit zu beruhigen, daß er versichert, schon öfter in seinen Berichten nach Rom ihrer Beider „ehrenvoll" gedacht zu haben. Wir verstehen des Cochläus schmerzlichen und dringenden Ausruf dem Legaten gegenüber: „die katholische Sache schwebt in viel größerer Gefahr, als du dir wohl einbildest!" Was für eine tragische Rolle fiel unter diesen Verhältnissen den Männern zu, die der Reformation mit ihrer Feder, mit Aufbietung geistiger Waffen Aufhalt zu gebieten versuchten!

Wie bei Cochläus, so hat Emser aber auch bei seinem Kampfgenossen, dem Fortsetzer seiner Bibelübersetzung, dem Frankfurter Dominikaner Joh. Dietenberger fortdauernd rühmende Anerkennung gefunden, der von ihm als von dem „hoch ehrwürdigen Greise", dem „hochgelehrten" Manne oftmals in seinen Schriften redet, ihn gern zitiert und seine Leser auf ihn verweist.[210] Nach seinem Tode aber widmet ihm sein Leipziger Freund, der Magister Pyrgallus (Feuerhahn) folgenden Nachruf:[211]

Emser auch fand sich bereit zu dem schweren Kampf mit den Feinden,
    Wie mit Hammers Gewalt schlug auf die Ketzer er drein,
Lieferte unverfälscht des Neu'n Testaments Uebersetzung
    In der Sprache des Volks; deckte des Lügners Betrug
Treulich auf, der die Leute mit glatten Worten bestricket,
    Daß auch frommes Gemüt er zu verführen vermag.

Auch verteidigte Emſer der heiligen Meſſe Geheimnis,
   Bot auf mancherlei Art reiche Belehrung uns dar.
Nimmer hörte er auf, ſo ſchwer auch Krankheit ihn plagte,
   Neues zu ſchaffen, bis ihm nahte die Stunde des Tods.
Sie entwand ſeinen Händen die Feder und nahm ihm die Kräfte;
   ˚ Tod, unerbittlich und hart herrſchſt du und übeſt dein Recht!

IX. Kapitel.

Lebensende.

Schon früh hören wir davon, daß Emſer von allerlei
Krankheit heimgeſucht wird; der h. Benno hatte ihm zwar einmal
geholfen; dann verſuchte er es wieder mit den Leipziger Aerzten.
Aber immer wieder ſtoßen wir auf Nachrichten davon, daß er ein
beſonders durch Podagra übel geplagter Mann war. Die Vermutung
liegt ja nahe, daß der Verfaſſer des Dialogs vom Zutrinken und
der Herausgeber des Buches von der beſten Aufbewahrung der
Weine im Keller, der Lobredner des Rheinweins und des Meißner,
ſelber einen guten Trunk geliebt haben werde und die Folgen
davon dann an ſeinem Körper ſpüren mußte. Jedenfalls werden
wir den gereizten Ton in ſeiner Schriftſtellerei mit auf Rechnung
ſeiner häufigen körperlichen Schmerzen zu ſetzen haben. Als ein
50 jähriger Mann verſtarb er am 8. Nov. 1527, wie ſein Freund
Cochläus an Pirkheimer meldet; „erſtickt an einem Fluß auf der
Bruſt" (fluxu pectorali), nachdem er noch 3 Tage vorher eine
Meſſe hatte leſen können, „warlich ein Mann, der, wie er deiner
Freundſchaft nicht unwert war, ſo in Verteidigung des katholiſchen
Glaubens unter allen am treuſten, am längſten und am tapferſten
gekämpft hat, deſſen Seele jetzt, wie ich nicht zweifle, ſich an der
glorreichen Frucht ihrer Arbeiten erfreut, und die Wahrheit ſelbſt,
für die ſie hier geſtritten, in klarem Anblick zu ſchauen bekommt."
In evangeliſchen Kreiſen erzählte man ſich, er habe in Dresden am
Schreibtiſch geſeſſen, um ein „giftig, ſtachlich, böſes Buch" wider die
evangeliſche Lehre zu ſchreiben, da habe „unſer lieber Herr Gott
dreingeſchlagen, daß ihn der Schlag rührte und er über dem
Schreiben jählings ſtarb." Man erzählte dann weiter, er habe
noch die Freude erlebt, daß Herzog Georg ſeinen Hofprediger

Alexius Chrosner, der wegen evangelischer Anwandlungen ihm verdächtig geworden, aus Dresden ausgewiesen habe. Als dieser „mit seinem Gerätlein" davongezogen, sei Emser gerade an ihm vorübergeritten und habe hohnlächelnd gesprochen: „Ich habe des Ketzers Predigt ein Ende erlebt. Er muß in des Teufels Namen dennoch bei Sonnenschein davon und aus der Stadt, ich aber bleibe hier!" Darauf habe Chrosner geantwortet: „Herr Emser, in Gottes Namen ist auch ein Wort. Ich bin in Meißen gewesen eher als Ihr, und werde darin verbleiben vermittelst göttlicher Gnade, wenn Ihr hinweg seid." Und nun bekommt auch der Bericht über seinen Tod die übliche häßliche Färbung: er habe mit Etlichen ein Bankett gehalten und sei „wohl bezecht" heimgekommen, da „setzt er sich auf einen Stuhl, führet schreckliche Lästerworte und gräuliche Gebärde, fähret der Gotteslästerer Emser des jähen Todes plötzlich in Teufels Namen dahin." Wir kennen die böse Neigung der Zeit, jeden schnellen Tod in ein Gottesgericht umzudeuten.[212]

Begraben wurde er auf dem Frauenkirchhof zu Dresden; sein Freund Hieronymus Walther setzte ihm ein Grabdenkmal, auf dem er knieend vor dem an die Martersäule gebundenen Heiland abgebildet ist; als seines Lebens Losung sind ihm die Psalmenverse beigeschrieben: „Ich hasse die Ungerechten und liebe dein Gesetz; ich hasse die Kirche der Boshaftigen und sitze nicht bei den Gottlosen" (Vulg. Pf. 118, 113. 25, 5.) Dieses Bild wurde dann den Ausgaben seines Neuen Testaments und der Annotationen beigefügt mit folgenden Begleitversen:

Emser ist's, der hier liegt, der, Christo geweiht, wider Luther
Unbesiegt führte den Kampf, wacker im Streite für Gott.
Heiß und lang war das Mühen, damit er die Sache der Kirche,
Standhaft und stets auf der Wacht, tapfer und schneidig vertrat.[213]

Die Leipziger Freunde widmeten nach der Sitte der Zeit dem Verstorbenen Trauergedichte; wir besitzen eine Elegie auf seinen Tod von Joach. Myricianus mit Widmung an Herzog Georg vom 17. Nov. 1527, eine andre von Henning Pyrgallus.[214] Dieser letztere setzte ihm auch noch später jenes Ehrendenkmal in seinem Katalog der Bekämpfer der Reformation, das wir oben (S. 107) bereits angeführt haben.

Unzweifelhaft war Hieronymus Emser im Kreise der Männer, die im albertinischen Sachsen den Kampf mit der Reformation führten, neben einem Hieronymus Dungersheim von Ochsenfart, dem Theologieprofessor, und Augustinus Alveld, dem Franziskaner in Leipzig, neben dem Licentiaten Joh. Koß, dem Zeller Abt Paul Bachmann (Amnicola), dem Pfarrer Franz Arnoldi in Cöln bei Meißen, dem Kaplan Wolfgang Wulffer in Brießnitz bei Dresden, bei weitem der bedeutendste: der unermüdlichste, weder durch Ant- worten noch durch verächtliches Ignorieren von Luthers Seite zum Stillschweigen zu bringende Verfechter der katholischen Sache. An Fruchtbarkeit im litterarischen Kampf kommt ihm nur der Exdominikaner Petrus Sylvius gleich; aber Emser ist ihm über- legen in Sprache und Haltung trotz aller Gereiztheit und Ver- bissenheit gegen Luther. Nur sein Nachfolger Joh. Cochläus, der nach ihm seit Beginn des Jahres 1528 der theologische Berater Herzog Georgs wurde, übertrifft ihn an humanistischer und theologischer Bildung, wie in der Gewandtheit der Polemik. Bis zu Luthers Auftreten macht Emsers Leben den Eindruck der Zerfahrenheit; es fehlt ihm eine große Lebensaufgabe. Humanistische und theologische Interessen ziehen ihn hin und her, aber nirgends eine größere Aufgabe, die ihn fesselt, abgesehen von den Benno- Studien, die ihn vorübergehend ernster in Anspruch nehmen. Da kommt Luther und schafft ihm einen Lebensberuf, an den nun der bereits alternde, kränkliche Mann noch alle seine Kraft setzt. Er hat jetzt ein Ideal, für das er kämpft, sein Leben gewinnt an Ernst und bekommt einen reicheren Inhalt. Das sichert ihm auch dessen Interesse, der seine Stellung in dem Kampf, der damals entbrannte, nicht teilt. Von der Frühlingszeit der Reformation hat er nur die Stürme gespürt, den warmen Hauch nicht empfunden; er hat nur Niedergang und Zerstörung gesehen, das neue Leben ist ihm verborgen geblieben. So hat er unter denen gestanden, die das Neue niederhalten, am liebsten mit Gewalt zertreten wollten. Je weniger er dabei Erfolg sieht, um so bitterer, um so leiden- schaftlicher wird er. Der Kampf hat ihn aufgerieben.

Anmerkungen.

Vorbemerkung.

Die erste gründlichere Nachricht über Emsers Leben und Schriften gab der Kustos der Leipziger Univ. Bibl. Joh. Imman. Müller, in Unschuld. Nachr. 1720 S. 8 ff. 187 ff., der bereits 44 Schriften E.'s beschrieb; darauf schrieb der gelehrte Nürnberger Hospitalprediger Georg Ernst Waldau seine Nachricht von Hier. Emsers Leben und Schriften, Anspach 1783. Beider Arbeiten faßte zusammen und ergänzte Albr. Weyermann, Nach=richten von Gelehrten, Künstlern 2c. aus Ulm. Ulm 1798. S. 180 ff. Manches Neue in Erhards großem Artikel in Ersch und Gruber 34, 161 ff. Kurze Zusammenfassungen durch Th. Kolde in Allg. deutsche Biographie VI 96 ff, B. Riggenbach in Herzog's Real-Encykl.² IV 199 ff. und Scharpff in Wetzer=Welte's Kirchenlexikon² IV 479 ff. Zuletzt die Leipziger Dissertation von Paul Mosen, H. E., der Vorkämpfer Rom's gegen die Reformation. Halle 1890, mit manchem Neuen, aber leider durch zahllose Druckfehler (bes. auch im bibliographischen Teile) entstellt und an Wert einbüßend. Die Streitschriften Luther's und Emser's aus dem Jahre 1521 gab L. Enders in 2 Bändchen Halle 1890 und 1892 mit Einleitungen heraus.

Diese neue Arbeit über Emser ist dadurch veranlaßt, daß ich für die 3. Aufl. der Real=Encykl. den Artikel über E. zu schreiben übernahm. Die Fülle von Material, die mir bei den Vorarbeiten für diesen kurzen Abriß seines Lebens zu Händen kam, die Erkenntnis, daß auch nach Mosen's Arbeit noch manches neu zu erforschen übrig blieb, und die Empfindung, daß das ganze Leben und Wirken Emsers wohl zu einer zusammenhängenden Darstellung einlade, bewogen mich, in raschem Entschluß an diese Arbeit zu gehen. Eine große planmäßige Ausdehnung der Vorarbeiten verbot mir mein arbeitsreiches Amt. Ich habe daher, außer einzelnen älteren Vorstudien, nur das benutzt, was mir die beiden Breslauer und die beiden Münchner Bibliotheken boten. (Die Münchner Univ.=Bibl. hat einen großen Vorrat von Emserschen Schriften in 4 Sammelbänden vereinigt — auf diesen Schatz seien künftige Forscher hiermit hingewiesen!) Einzelne mir sehr wertvolle Nachweisungen verdanke ich der Freundlichkeit der Herren Dr. N. Paulus, Prof. Dr. Bauch, Pfarrer D. Bossert, Geh. Archivrat Kindscher.

1. Oberamtsbeschreibung Ulm II S. 292. Der Mönch Felix Fabri bezeichnet W. E. in seinem Tractatus de civitate Ulmensi als antiquum Ulmensium ministrum strenuum et expertum.

2. Geburtstag: 16. März in der Widmung des Tractatus de praeparandis vino, cerevisia, aceto 1507; 26. März in der Widmung zu Divi Bennonis Vita, 1512, Bl. Aij. Die Grabschrift u. a. in J. G. Michaelis, Inscriptiones Dresd. 1714, Lib. III., S. 217.

3. A venatione Lutheriana assertio Bl. E 4ᵇ: „natione Suevus ... rotundo ac libero ore, ut Suevorum vetus est conditio". Das Epitaphium, das ihm Pyrgallus schrieb, rühmt ihn als

Suevigenae gentis gloria, fama, decus.   In lugubres occubitus ... Lips. 1528 Bl. A 4ᵇ.

4. Tübinger Matrikel.

5. Baseler Matrikel.

6. Auch Pyrgallus weiß nur das Selbstverständliche zu berichten, daß er daheim grammata sueta gelernt habe; a. a. O. Bl. Aij.

7. Canonis Missae contra Zwinglium defensio 1524 Bl. Bij ᵇ.

8. Zwingli: Quid scortationes et adulteria commemorem, quae te non raro solum vertere coëgerunt? Darauf Emser: Ego, quamvis Hippolyti castitatem nunquam simulaverim, ... ea tamen lege me tibi obstringo, ut si tu legitime probaveris, me vel semel in tota vita mea cuiusvis scortationis aut adulterii publice sive accusatum sive convictum aut condemnatum, ne dicam solum proinde vertere coactum, captivus tuus ego sim, quoad vixero. Apologeticon in Zwinglii Antibolon. 1525 Bl. B.

9. In Complurium eruditorum uatum carmina, ad magnificum uirum D. Blasium Hölcelium. Augustae Vindelicorum. M. D. XVIII. 4º Bl. Fiij.ᵇ ff. (München, Hof= und Staatsbibl.; vgl. über diese Sammlung L. Geiger, Renaiss. und Humanismus. Berlin 1882 S. 373); sodann in A Venatione Luth. assertio Bl. E 5; und im Apologeticon Bl. A 4ᵇ.

9a. Irrig ist bei Janssen, Gesch. d. deutschen Volkes VII 467, angegeben, er sei erst 1518 Priester geworden.

10. Ueber Peraudi und seine Legation, s. Joh. Schneider, die kirchl. und polit. Wirksamkeit des Legaten Raimund Peraudi (1486—1505). Halle 1882. S. 53 ff.; L. Pastor, Gesch. der Päpste III S. 437 ff. Der Aufsatz von A. Gottlob über Peraudi im Histor. Jahrb. d. Görres=Gesellsch. VI (1885) S. 438 ff. behandelt die deutsche Legation von 1501 ff. nicht näher, doch vgl. S. 461.

11. Enders, L. und E. I S. 129.

12. Im Vorwort zu Pirkheimers LVCIANI RHETOR. Hagenoae 1520 Bl. Aiij ᵇ. Zur Sache vgl. P. Drews, W. Pirkheimers Stellung zur Reformation. Leipzig 1887 S. 3. F. Roth, W. P. Halle 1887 S. 12.

13. Collectio reuerendissimi patris et domini domini Liberti episcopi Gericensis de crucibus. Norimb. 1503. 4º. Titel s. bei Walbau Nr. 1,

Mosen Nr. 1. Ich kenne sie nur aus der ausführlichen Inhaltsangabe bei Niederer, Nachrichten zur Kirchen=Gelehrten= und Bücher=Geschichte. I (Altdorf 1764) S. 420 ff.

14. [in deutschen Lettern:] OPera Johannis Pi- | ci Mirandulae Comitis Con- | cordie: litteraR principis: nouissime | accurate reuisa (addito generali supomibus memorata dignis regesto) | quarūcunqȝ facultatū professoribus | tam iucunda qȝ proficua. | (folgen noch 21 Zeilen Inhaltsangabe). Titelrückf. bedruckt. 12 unbezifferte und CCXVI bezifferte Bl. Folio; letzte Seite leer. Impressum:... diligenter impssit Industrius Ioannes Prüs Ci- | uis Argentinus. Anno salutis. M. CCCCCIIII. Die vero. XV. Marcij. | (Breslau, Univ.=Bibl.) Walbau Nr. 2; Mosen Nr. 2. Emsers Widmung an Prüs auf der Titelrückseite. Ueber Pico vgl. Pastor a. a. O. III 264 und die dort angeführte Litteratur. Hier nennt sich Emser bereits presbyter (vgl. Anm. 9a). Die Bologneser Ausg. (ed princ.) siehe bei Panzer, Ann. I 232 Nr. 218, vgl. auch IV 251 Nr. 218; Hain Nr. 12992. Emsers Worte von dem exemplar Bononiense castigatissimum ex vero et primo Mirandulanae manus archetypo procusum sind Unsch. Nachr. 1720 S. 187 völlig mißverstanden. Sie sind entnommen dem Impressum der Ausg. v. 1496: „diligenter impressit Benedictus Hectoris Bononien. adhibita pro viribus solertia et diligentia ne ab archetypo aberraret".

15. G. Knob in Annalen des histor. Vereins f. d. Gesch. des Nieder=rheins. LII (1891) S. 195 f.

16. Enders, L. und E. II 179.

17. Leipziger Matrikel ed. G. Erler S. 402, wo er unter den „Bavari" der erste Immatrikulierte des W. S. ist. Th. Brieger, Die theolog. Promotionen auf der Univ. Leipzig. 1890. (Univ.=Progr.) S. 20. 55.

18. A Venatione Lutheriana assertio Bl. C 4.

19. Ebenda.

20. Eyn deutsche Satyra vn straffe | des Gebruchs, vnnd in was wurden vnnd crenn der Gelich | stand vorzeite gehalten, mit erclarung vil schoner historien. | Emser. | Darunter Titelbild. Titelrückf. leer. 12 Bl. 4°, letztes Bl. leer. Impr: „Gedruckt durch Melchior | Lotter. Nach cristi geburt. | M. ccccc. Czu Leiptzk | " (München, Univ.=Bibl.) Fehlt bei Walbau; Mosen Nr. 4; Panzer, Zusätze zu den Annalen S. 102 Nr. 561c. Vgl. W. Kawerau, Die Reformation und die Ehe. Halle 1892 S. 65 f.

21. Dialogismus de origine propinandi, vulgo compotandi: an sit toleranda compotatio in republica bene instituta necne. (Dem von mir benutzten Exemplar der Münchner Univ.=Bibl. fehlt das Titelblatt; vgl. Panzer Ann. VII S. 152 Nr. 134, Walbau Nr. 3, Mosen Nr. 5.). 12 Bl. 4°, letzte S. leer. Impr: „Impressum in insigni oppido | Lipsensi calcographo Mel= | chiore Lotter lubis larualib⁹. | mensis Februarij Anno salu | atoris lustrico Millesimoquin· | gentesimoquinto. | " Busch's Verse auch von Liessem abgedruckt im Progr. des Kaiser Wilhelms=Gymn. Köln 1888 S. 12. — Eine spätere Ausg. von 1513 mit dem Impr: Impressum in

insigni oppido Lipsensi: calcographo Jacobo Thanner Herbipolitano.
Anno salvatoris lustrico (!) Millesimo quingentesimo decimo tertio"
4⁰, ſiehe bei Panzer, Ann. VII p. 181 Nr. 436.

22. Ueber Leben und Kanoniſation Benno's vgl. Hauck in proteſt.
Real=Encykl.³ s. v.; C. F. Seyffarth, Ossilegium S. Bennonis. Mo-
nachii 1765; J. K. Seidemann, Erläuterungen zur Ref. Geſch. Dreſben 1844
S. 80 ff.; L. Paſtor, Geſch. b. Päpſte III; O. Langer, Biſchof Benno v.
Meißen in Mitteilungen des Vereins für Geſchichte der Stadt Meißen.
Bd. I Heft 5 (1886) S. 1 ff. Derſ. in Bd. II Heft 2 (1888) S. 105 ff.

23. Handſchriftlich in Cod. Goth. 338 fol. 2.

24. Divi Bennonis Vita 1512. Bl. Ciiij ᵇ.

25. Epitome ad sanctissimum Dominum nostrum Papam Julium II.
super vita, miraculis et sanctimonia divi Patris Bennonis. Lips. per
Melch. Lotterum. MCCCCCV. 4⁰, 1³/₄ Bogen. Mir nur aus Unſch.
Nachr. 1720 S. 179 f., Waldau Nr. 4, Moſen Nr. 6 und der Benno=Litteratur
bekannt. Mit erheblichen Abänderungen neugedruckt in Divi Bennonis
Vita 1512 Bl. Ciiij ᵇ — Cᵇ als Carmen in Apotheosim Divi Bennonis;
hier nur noch 65 Diſtichen, 1505 dagegen 100.

26. Epistola ad Julium II (I, Nr. 64), in Trithemii Opera historica
ed. Freher, Francof. 1601 p. 491 f. Der Ort Buboris, von dem aus der
Brief batiert iſt, iſt Heidelberg, vgl. Zedler, Univerſallexikon sub voce.

27. Vgl. Das man der heyligen bilder u. ſ. w. (Moſen Nr. 30ᵇ)
Bl. Bijᵇ; Enders, L. und C. I 65 und II 178; Apologeticon Bl. A 4.
Als Zeit ſeiner Romreiſe nahm man bisher 1509 oder 1510 an; das richtige
Datum ergiebt ſich aus dem Vorwort des Tractatus de praeparandis
vino etc. 1507. — Johann v. Schleiniz, als Meißner Canonikus 1490 in
Bologna inſcribirt; vom 16. Okt. 1518 bis 13. Okt. 1537 Biſchof v. Meißen.
(Friedländer und Malagola, Acta nationis Germanicae univ. Bononiensis.
Berlin 1887 p. 238.)

28. N. Doebner, Aktenſtücke zur Geſchichte der Vita Bennonis in
Neues Archiv für Sächſ. Geſch. VII (1886) S. 131 ff.

29. DIVI BENNONIS MISNENSIS QVONDAM EPIS-|COPI VITA.
MIRACVLA. ET ALIA QVEDAM | NON TAM MISNENSIBVS QVAM
GER- | MANIS OMNIBVS DECORA. ET IM-|MORTALEM PARI-
TVRA GLORI | AM. QVORVM SINGVLORVM | CAPITA DILIGENS
LEC | TOR A TERGO FO- | LII HVIVS CON- | SPICABERE, | TVMBA
DIVI BENNONIS, | [darunter ein Bild der Tumba] HIERONYMVS
EMSER, |

> Diue pater Benno pro vita suscipe vitam
> Hoc hostimento nil mihi maius erat
> Tu mihi mortalem præcibus producere vitam
> Visus: vbi medica destituebar ope
> Immortale tibi nomen, vitamq₃ repono
> Nam viues scriptis: notior inde: meis

Titelrücks. bedr. 18 Bl. Folio, letzte Seite leer. Impr: „MELCHIAR
LOTTERVS LIPSENSIS | CALCOGRAPHVS IMPRIMEBAT | ANNO
SALVTIFERE INCAR- | NATIONIS DOMINI MIL | LESIMO QVIN-
GEN- | TESIMO DVO- | DECINO, (so!) | " (Breslau, Univ.-Bibl.) Wal=
bau Nr. 5, Mosen Nr. 8; Panzer Ann. VII p. 174 Nr. 366. Wieder abge=
druckt in Acta Sanctorum mensis Junii und bei Mencke, Script. rer. Germ. II.

29a. Panzer, Annalen der älteren deutschen Litteratur S. 403 Nr. 874;
Walbau Nr. 9; Mosen Nr. 15. Das Heilig leben vnd legend des seeligen
Vatters Bennonis. Leipzig, Melch. Lotther. 1517. 5 Bogen 4°.

30. O. Langer, Kritik der Quellen zur Geschichte des h. Benno in
Mitteilungen des Vereins für Gesch. der Stadt Meißen. Bd. I Heft 3
(1884) S. 70 ff. Ders. in Bd. II Heft 2 S. 115 f.

31. Antwurt Auff das lesterliche buch wider Bischoff Benno. 1524.
Bl. Aij f.

32. Bedeutsam scheint mir das Zeugnis des Henning Pyrgallus,
der selber ein Hildesheimer war, über Henning Rose's Anteil an Emsers
Vita Bennonis zu sein. Er schreibt in seiner Elegie auf Emsers Tod
In lugubres trium amicorum occubitus, Lips. 1528. Bl. Aij:

> Reddidit historiam et tibi, Benno dive, sacratam,
> Hausisset dudum quam scelerata dies,
> Ni meus Henningus, cura vigilante, Rosanus
> A carie primum diripuisset eam.

33. Neues Archiv VII 143, in einem Briefe des Pyrgallus an Rose.

34. Apologeticon in Zwinglii Antibolon Bl. B.

35. A venatione Luth. assertio Bl. E 4ᵇ.

36. Chronicon Zitizense in Joh. Pistorius, Scriptorum rerum a
Germanis gestarum Tomus unus. Francof. 1583 p. 764 f.: missi fuere duo
ex eis [scil. ex capitulo] ... Heimgekehrt berichten beide ihre Funde fra-
tribus concanonicis. Doch finde ich E. sonst nie als Kanonikus bezeichnet.

37. de Wette-Seidemann, Briefe Luthers VI 660; L. Enders,
L. und E. II 175.

38. A venatione Luth. assertto. Bl. E 4ᵇ.

38a. Unsch. Nachr. 1715 S. 171.

39. A venatione Luth. ass. Bl. C 4.

40. Opp. Erasmi Lugd. Bat. III 1056.

41. Enders, L. und E. II 157.

42. Die Mailänder Ausgabe von 1492 s. bei Hain 14750; Emsers
Ausgabe: BONIFACII SYMONETAE DIVI ORDINIS CISTERTIENSIS |
CORNV ABBATIS VIRI VNDIQVAQVE DOCTISSIMI | DE CHRIS-
TIANAE FIDEI ET ROMANORVM PON | TIFICVM PERSECVTIONI-
BVS OPVS PENE | DIVINVM ET INAESTIMABILE : IN QVO | SPAR-
SIM HABENTVR HAEC | INFRASCRIPTA. | folgen noch 22 Zeilen
Inhaltsangaben. Titelrücks. leer; 6 unbeziff., dann CLVI beziff., und

noch 2 unbeziff. Blätter; letzte Seite leer. Impr: Hoc opus impressum fuit in inclyta ciuitate Basileȩ | per Nicolaum Kesler. Anno salutis | Christianæ. M. D. IX. | In mense Decembri. | Folio. (Breßl. Univ.=Bibl.) Vgl. Panzer, Annal. VI p. 184 Nr. 69; Mosen Nr. 7. Joh. Christian Götze, Merckwürdigkeiten der Kgl. Bibl. zu Dreßden. II (1744) S. 503 f. Emsers Widmung mit der falschen Jahreszahl 1519 ist. 1509 in Joh. Conr. Knauth, Des Klosters Alten=Zella geograph. und histor. Vorstellung. VIII Teil. Dresden und Leipzig 1722 S. 270 ff. Das Datum des Widmungsbriefes (Bl. 2) ist; Ex Gymnasio nostro Lipsiensi, Nundinario et Ducali oppido, Id. Juliis 1509. Von der Anlage des Buches mag folgende Uebersicht über den 1. Teil eine Vorstellung geben: Auf 3 Briefe mit krausem Inhalt folgt Fidei christianae constantia, Leben und Wunder Mosis, Muhammeds Leben, 4. Brief, Verfolgung der Christen durch die jüdischen Hohenpriester, 5. Brief, Tod Christi und des Sokrates, 6. Brief, Simon Magus, 7. Brief. — Mit Innocenz VIII schließt die geschichtliche Darstellung ab, an dem der Verf. — sein Zeitgenosse! — auch die Frömmigkeit rühmt.

43. Ich kenne nur die Ausgabe: ☙ ERASMI STELLAE | LIBONO | THANI DE BORVS- | SIAE ANTIQVI- | TATIBVS LI- | BRI DVO. | Titelbordüre, in welcher oben APVD INCLYTAM | unten GERMANIAE BASILEAM. | steht. Titelrückf.: Sebastiani Miricii Regiomontani Hendecasyllabon. 20 Bl. 4º; auf der letzten Seite Frobens Signet. Impr.: BASILEAE APVD | IOANNEM FRO- | BENIVM MEN | SE MARTIO | AN. M̄. D̄. | XVIII. | (Breßl. Univ.=Bibl. und Stadt=Bibl.) Vgl. Panzer, Ann. p. 205 Nr. 221, Mosen Nr. 17. Widmung an Hochmeister Friedrich; da aber dieser schon am 14. Dez. 1510 in Rochlitz gestorben war, so muß es von Stella's Buch auch schon eine beträchtlich ältere Ausgabe gegeben haben.

44. Man vgl. das Urteil, das Wegele in Allgem. Deutsche Biographie Bd. 36 S. 31 über Stella fällt.

45. A venatione Lutheriana assertio. Bl. E 4ᵇ f.

46. Tractatus vtilis | simus de preparā | dis ȝeruābiȝ ȝ reformābiȝ Vi | no. Cereuisia ȝ Aceto. | Emser. | (folgen 2 Distichen) | Telos. | Titelrückf. bedruckt; 6 Bl. 4º; am Schlusse; „Impressum Lipzk". (München, Hof= und Staatsbibl.) Widmungsbrief vom 16. März 1507. — Eine Ausg. Viennae per Io. Singrenium 1515 bei Panzer Ann. IX p. 24 Nr. 130; Mosen Nr. 9. In deutscher Uebersetzung in Johann Rasch, Weinbuch: Von Bow, Pfleg vnd Brauch des Weins. München bei Adam Berg 1582. 4º. Bl. 23 ff. unter dem Titel: „Khelnerbuch, oder Weinmaisterey." Rasch giebt an, Emsers „öconomisch Büchel" nach dem Wiener latein. Druck von 1513 verdeutscht, aber auch mit „andern nötigen Weinbauens cautelen mehr nach Oesterreichischer Hauersprach und Arbaitsart geordnet" zu haben, darum (!) daß Emser ein so eifriger Gegner Luthers gewesen sei. (Breslau, Univ.=Bibl.) Hier trägt die Widmung das falsche Datum: 16. März 1513. Diese Ausg. von 1513 vermag ich sonst nicht nachzuweisen.

47. Ich benutze die Ausgabe: Enchiribi= | ON ERASMI ROTE | RODAMI GERMANI DE | Milite Christiano, in ꝙ | taxatis vulgi supersti- | tionibus, ad priscę | religiōis purita | tē, veteris elo- | quētię lituo | nos pro- | uocat. | Epl'a eiusdē ad Ioānē Coletū Theologū. | ꝙ Titelbordüre, Titelrückſ. bedruckt. 6 unbezifferte u. LIX bezifferte Bl. 4°. Impr. ¶ Lipſiæ ex ædibus Valentini Schumaū | Anno domini Milleſimo quin- | genteſimo vigeſimo. | Darunter Signet. (Bresl. Stadt=Bibl.) vgl. Unſch. Nachr. 1720 S. 190, Waldau Nr. 6, Moſen Nr. 16, die ſämtlich den erſten Druck der Emſerſchen Edition beſchreiben (Lipsiae, Val. Schumann, 6. Kal. Sept. 1515). Vgl. auch Freytag, Apparatus litterarius III 542. Das Wort „lituonos" im Titel weiſen die Lexika nicht nach. Emſer hat es wohl von lituus gebildet: die Zinkeniſten, die welche den Ruhm veteris eloquentiae laut verkündigen.

48. Dieſes in neueſter Zeit wieder beachtete Agraphon Chriſti entnahm Emſer wohl einfach aus dem Brevier, wo es als Antiphone zum Magnificat im Officium Commune Apostolorum, II. Vesp., erſcheint; vgl. Zeitſchr. f. kath. Theol. 1894 S. 589; Holthauſen in Stud. u. Krit. 1894 S. 149 f.; Ropes, Die Sprüche Jeſu, die in den kanoniſchen Evangelien nicht überliefert ſind. 1896 (Texte u. Unterſuchungen XIV, 2) S. 121.

49. Enchiridion Bl. Aij. Vgl. ferner Opp. Erasmi III 1590. 1592.

50. Waldau Nr. 8, Moſen Nr. 14; mir nicht bekannt geworden.

51. Die lateiniſche Ausg. ſ. bei Panzer, Ann. IX S. 119 Nr. 127; die deutſche bei Moſen Nr. 16.

52. Panzer, Annalen der älteren deutſchen Litteratur S. 431 Nr. 961; Waldau Nr. 12, Moſen Nr. 20; Weller, Repert. typogr. Nr. 1621; Ueberſ. von Πῶς ἄν τις ὑπ' ἐχθρῶν ὠφελοῖτο, Opp. Plutarchi ed. Fr. Dübner III (Paris 1885) S. 102—110.

53. Moſen Nr. 49. Ich kenne nur die ſpätere Ausg.: Von der hauß= | haltung zweyer Eheleuth, | ſie ſeyen gleich was Standts ſie | wöllen, wie ſie die narung zůſammen halten | ſollen, vnd wie ſie ſich miteinander ſchick= | en, jhr gůt mehren vñ nit mindern, Da | mit ſie jr hauß weißlich vnd wol | regieren mögen. | Beſchrieben durch den Herrn Jeroni= | mum Emßer. | (Signet Sigmund Feirabents u. Simon Hutters) | Gedruckt zů Franckfurt am Mayn, | ANNO M. D. LXV. | 56 bezifferte Bl. 8°, am Schluß: Gedruckt zů Franckfurt am Mayn, | Anno M. D. LXV. | (München, Hof= u. Staats= Bibliothek.)

53a. Ein heilſame erma= | nung des kinblein Jeſu | an den ſunder gezogen auß | Eraſmo. | Hieronymus Emſer. | Wappenbild. 4 Bl. 4°, letzte Seite leer (ganz in Verſen). Vgl. Moſen Nr. 34; Weller, Repert. typogr. Nr. 2051 (München, Univ.=Bibl.). Ferner (mir unbekannt) Moſen Nr. 35.

54. S. Lieſſem im Progr. des Kaiſer Wilhelms=Gymn. Köln 1887 S. 8; Moſen Nr. 3.

55. S. Lieſſem im Progr. des Kaiſer Wilhelms-Gymn. Köln 1888 S. 12 (bei Moſen überſehen).

118

56. Septem diui Hieronymi Epistole. Lips. 1505 (bei Mosen übersehen). Vgl. Silesiaca. Breslau 1898 S. 162.

56a. Moraloginm ex Aristotelis Ethicorum libris. Lips. (Wolfg. Stöckel) 1509. Fol. (Andreas=Bibl. in Eisleben; Breslau, Stadt=Bibl.) Emsers Verse auf der Titelrückseite. Auch diese Schrift ist von Mosen übersehen. Panzer, Ann. VII S. 165 Nr. 271.

57. S. Mosen Nr. 11. Im Titel muß es aber heißen Confutatio statt Consulatio.

58. Ich benutze die Ausgabe: OPVSCVLA | HIERONYMI EMPSER DVCALIS | Secretarii, quę in hoc libello | continentur. | ¶ Ad Illust: Principem Ioannem Saxoniæ | Ducem. &c. Epistola. | ¶ Tetrastichon ad eundem. | ¶ Nobiliū & ingenuoR pueroR epistolaria pro- | gymnasmata epistolis centum numero. | folgen noch 11 Zeilen. Titelrückseite bedruckt. 16 Bl. 4°, letzte Seite leer. Impr.: Augustæ ex ædibus Siluani Otmar. Anno dūi | M. D. XIX. Die .xii. Octobris. | (München, Unib.=Bibl.). Panzer, VI, 386, 357. Weitere Ausgaben: Straßburg, Joh. Knoblouch 1516 (Panzer VI, 77, 422); Leipzig, Val. Schumann 1517 (Unsch. Nachr. 1720 S. 191, Waldau Nr. 7, Panzer VII, 200, 628); Krakau, Joh. Haller 1518 (Bresl. Unib.=Bibl., Panzer VI, 459, 91; Mosen Nr. 15ᵃ); Leipzig, Val. Schumann 1518 (Mosen Nr. 15ᵇ); Leipzig, Val. Schumann 1519 (Panzer VII, 209, 712); Leipzig, Nicol. Schmidt 1521 (Panzer VII, 220, 814); Köln, Euchar. Cervicornus 1522 (Panzer VI, 386, 357); Krakau, Hieron. Vietor 1523 (Bresl. Unib.=Bibl.). Vielleicht war die Leipziger Ausgabe ohne Jahr, Druck von Melch. Lotter (Panzer VII, 232, 922 = IX, 500, 922) der erste Druck gewesen (1515 oder 1516). Diese Ausgaben sämtlich in 4°. Noch 1596 erschien wieder ein Abbruck in Leipzig in 8° (Bresl. Stadt=Bibl.). Handschriftlich fand ich die Briefe auch in einem Codex der Gothaer Bibl. Der Beroaldus, von dem die Opuscula am Schlusse einen von Lob über= fließenden Brief an Emser mitteilen, worauf ein „Epitaphium Ph. Beroaldi per H. Emserum editum" folgt, muß der ältere sein, der als Professor der alten Sprachen am 17. Juli 1505 in Bologna starb. (Ernst v. Schleinitz kam mit seinem Bruder Haugold unter Führung des Leipziger Magisters Stephan Gert 1501 nach Bologna. Der Brief Beroalds an Emser muß, da er diesen bereits als herzoglichen Sekretär begrüßt, in dem Todes= jahre jenes, 1505, geschrieben sein; das Epitaphium wird auch schon von 1505 stammen. Der jüngere Beroaldus starb erst 1518, kann also nicht gemeint sein. (Vgl. Acta nationis Germanicae univers. Bonon. S. 259.)

59. Epistola excusatoria ad Sueuos. Mathias Hupuff imprimebat. M. D. vj. 4°, Panzer, Ann. VI, 35 Nr. 79.

60. Opera Hutteni ed. Böcking III 68. Elegia X ad poëtas Germanos.

61. Vgl. S. Knob in Annalen des histor. Vereins für die Geschichte des Niederrheins LII (1891) S. 195.

62. J. Fr. Hekelii Manipulus primus Epistolarum. Dresdae 1698 S. 112.

63. Heumann, Documenta literaria. Altdorf 1758 S. 177: „Emserus noster.“

64. Ein Missive an Nic. Haußmann 1525, Bl. Aij: „vnser alten kuntschafft nach.“

65. Enders, L. und E. II 209.

66. A venatione Lutheriana assertio Bl. E 5.

67. Ebb. Bl. E 5ᵇ.

68. Seidemann, Leipz. Disputation. Dresden 1843 S. 155.

69. Weimarer Ausg. II 661. Woran Luther dabei dachte, zeigt seine spätere Bemerkung in den Tischreden: „Emserus secum apud se [so!] habuit Bohemicum scortum.“ Bindseil, Colloquia I 152. A venatione Luther. assertio Bl. B 2ᵇ.

70. Enders, L. u. E. I 109. 110.

71. Facetiae ed. Francof. 1590 Bl. 135ᵇ.

72 J. Janssen, Gesch. des deutschen Volkes Bd. II (1879) S. 30 f.

73. Ueber die Begegnung in Dresden u. Leipzig s. Enders, Luthers Briefw. I 224. 350. Bindseil, Coll. I 152. Enders, L. u. E. II 5. 32. A venatione Luth. assertio Bl. A 4ᵇ. Wenn Janssen, Gesch. des deutschen Volkes II 82 erzählt, Emser berichte, Luther habe sich in Dresden ver= nehmen lassen, wo er allein einen Fürsten wüßte, der ihm den Rücken hielte, wollte er dem Papst, den Bischöfen und Pfaffen ein rechtes Spiel zurichten, so ist das dahin zu berichtigen, daß Emser vielmehr schreibt (Enders, a. a. O. II 31): „so wissen vil leut, das einer seyns ordens sich zum offtern mal an etzlichen enden vornehmen lassen hat, wo er aleyn ein fursten wußte ꝛc.“ Es ist also weder ein Wort Luthers zitiert, noch auf Dresden dabei verwiesen.

73a. Vgl. Missae Christianorum .. assertio (1524) Bl. A 4ᵇ.

74. Enders, L. u. E. I 57.

75. Das man der heiligen bilder nit abthun soll. 1522. Bl. G ij ᵇ; A iij ᵇ.

75a. Sebastian Fröschel, Vom Königreich Christi Jhesu. Wittenberg 1566 Bl. B.

76. Weim. Ausg. II 659. A venatione Luth. assertio. Bl. A 4.

77. Enders, L. u. E. II 5.

78. Ebb. II 12.

79. Ebb. II 30 f.

80. Für die verschiedenen Drucke des Briefes sei verwiesen auf die Weim. Ausg. II 655 A u. B und 656 Nr. 2; Mosen Nr. 18. Mir liegen von der Orig.=Ausgabe Exemplare aus München, Univ.=Bibl. und Breslau, Univ.=Bibl. vor, von der Ausgabe mit Luthers Entgegnung ein Exemplar aus München, Univ.=Bibl., ebenso der Druck, dem Ecks Schrift beigedruckt ist, in einem Exemplar der Münchener Univ.=Bibl. — In Ecks Schrift taucht zum ersten Mal für Luthers Anhänger der Name „Luderani“ auf, Bl. C 5ª am Rande.

81. Weim. Ausg. II 658 ff. Luthers Spott über den Verstoß gegen die Grammatik S. 659 bezieht sich darauf, daß auf dem Titel des Emserschen Briefes seinem Wappen der Vers beigefügt war:

> Noster hic Aegoceron sine foeno: peccat in uno
> Quod non est Lucae [Cranach] linea ducta manu.

Hier war — wohl nur durch einen Druckfehler — Aegoceron statt Aegoceros [Αἰγόκερως, der Steinbock] gesetzt.

82. Der Titel genau in Weim. Ausg. II 657; vgl. Mosen Nr. 19. (Exemplar in München, Univ.-Bibl.)

83. a. a. O. Bl. C. Der Druck bietet: odium implicabile — ein Wort implicabilis weisen die Lexika nicht nach; ich lese dafür implacabile, vgl. Weim. Ausg. VIII 61, kritische Note, wo die gleiche Verwechslung angemerkt ist.

84. Vgl. Corp. Ref. I 212 ff., 273, 285 ff. Enders, Luthers Briefw. II 498, 499 ff., 510. Weim. Ausg. VII 259.

85. Enders, L. u. E. I 147 ff.; Weim. Ausg. VII 262 ff. Wenn „die Geyße, die ihr Horner in seyden geflochten tragen" (Enders I 149) vor dem Bock gewarnt werden, so sollen damit m. E. die Mädchen und Frauen vor dem unzüchtigen Emser gewarnt sein. — Das scharfe Distichon am Schlusse der kleinen Schrift: Hoc scio pro certo etc. (Enders I 149) hat Luther dem Franziskaner Alveld in der Schrift von der babylonischen Gefangenschaft (Weim. Ausg. VI 501) zugerufen; auf den ganzen Chorus seiner katholischen Gegner wendet er es de Wette IV 508 an. Eine derbe Uebersetzung davon giebt er am Schlusse der Fabel vom Löwen und Esel, vgl. Thiele, Luthers Fabeln, Halle 1888 S. 14. Meine Uebertragung s. in Braunschw. Luther-Ausgabe II 385.

86. Enders, Luthers Briefw. III 18.

87. J. K. Seidemann, Die Leipz. Disputation S. 155 f.

88. Ebb. S. 106; Seidemann, Beiträge zur Reformations-Geschichte I. Dresden 1846 S. 45 f.

89a. Contra Libellū fa= | mosum Jani kalendis pro | rostris biuulgatū apolo= | geticon ex tempore | Hieronymus Emser. | Wappen. Titelrückseite leer. 4 Bl. 4⁰, letztes Blatt leer. (München, Univ.-Bibl.) Da ihm hier der Schnitzer begegnet war, in einem Distichon am Schlusse:

> Nobilitas si haec est, stilo configere passim
> Quenque levi, quis non nobilis esse queat?

in stilus das i als langen Vokal skandiert zu haben, so ließ er einen 2. Abdruck folgen:

b. Contra Libellū fa= | mosum Jani kalendis pro | rustris biuulgatū Apolo= | geticon ex tempore. | IERONYMVS EMSER. | Im Uebrigen wie a. (Breslau, Univ.-Bibl.) Hier ist der Schlußvers verbessert:

> Nobilitas si haec est, turpi configere passim
> Quenque stylo, quis non nobilis esse queat.

Vgl. Waldau Nr. 14, Mosen Nr. 22.

90. Enders, L. u. E. II 1 ff.

91. Ebb. I 1 ff. (München, Univ.-Bibl.; Breslau, Univ.-Bibl.).

92. Ebb. II 9 ff. Weim. Ausg. VII 271 ff.

93. Enders, L. u. E. II 25 ff.

94. Diese beiden Distichen gefielen Emser so gut, daß er sie in ver=
besserter Fassung 1526 noch einmal gegen Luther entsandte, in In Euricii
Cordi calumnias. Bl. Ciij^b.

95. Enders, L. u. E. II 45 ff. Weim. Ausg. VII 621 ff.

96. Enders, L. u. E. II 129 ff.

97. Enders, Luthers Briefw. III 196 f.

98. de Wette II 70, 85, 87.

99. Weim. Ausg. VIII 241 ff.; Enders, L. u. E. II 185 ff.

100. Enders, L. u. E. II 197 ff.

101. Der genaue Titel bei Seidemann, Lutherbriefe S. 9 f., der
bereits das Datum (30. Dez. 1520, 6. April 1521) richtig festgestellt hat;
irrig Mosen Nr. 29; gegen ihn s. Kalkoff, Die Depeschen des Aleander.
2. Aufl. Halle 1897 S. 109 f.

102. Kapp, Kl. Nachlese II 458 ff. Tentzel = Cyprian II 222 ff. Der
Titel der Schrift Heinrichs in ed. Erlang. Opp. var. arg. VI 383.

103. Mosen Nr. 31. Enders, Luthers Briefw. III 404 Note 5.

104. Schutz vnd handt | habung der Sibenn Sacrament | Wider
Martinum Luther, võ dem aller vnuberwint= | lichsten Konig zu Engelandt
vñ Frankrench vñ hern | in Hibernia, hern Heinriche dem achten bis nhamēs |
außgangenn. | Löwen= und Lilienwappen. 82 Bl. 4°, letzte S. Correkturen
(Breslau, Univ.-Bibl.).

Schutz vnd handt | habung der siben Sacrament | Wider Martinum
Luther, võ dem aller vnüberwintlichi= | sten Künig zü Engelandt vnd Frank=
rench, vnnd herrn in | Hibernia, herrn Hainrichen dem achten biß namens
auß= | gangen. | M: CCCCC XXII. | Löwen= und Lilienwappen. Titelrücks.
bedruckt. 68 Bl. 4°. Weller, Repert. typogr. Nr. 2045. (München,
Univ.-Bibl.)

105. Erste Erwähnung: Enders, Briefw. III 403. Luthers latein.
Antwort Opp. var. arg. VI 385 ff., die deutsche Erl. Ausg. 28, 344 ff. —
Das Entsetzen über den Ton, den Luther hier gegen den König anschlägt,
zeigt uns z. B. Capito in Burscheri Spicilegium XV (Lips. 1792) S. VI.

106. H. Baumgarten, Karl V. II 229.

107. E. S. Cyprianus, Epistolae e Bibl. Goth. Lips. 1714 S. 9 ff.

108. Tentzel=Cyprianus II 276 ff. Förstemann, N. Urkundenbuch I.
Hamburg 1842 S. 25 f.

109. Mosen Nr. 37.

110. Seidemann, Lutherbriefe S. 19 ff.

111. Erl. Ausg. 28, 141 ff.

112. Wyber den fals | chgenäten Ecclesiasten, vñ war | hafftigen Ertz=
setzer Martinum | Luter Emßer [sic] getrawe vñ nawe vorwarnung mit

beſtenbi | ger vorlegung auß bewerter, vn̄ canoniſcher ſchrifft | Wappen. | Tetraſticon Emſeri | (noch vier Zeilen). Titelrückſ. bedruckt. Bg. A — R. Impr.: Gedruckt zu Leypßik durch Martinum Herbipolenſem im MD vnd XXiij Jar (Breslau, Univ.=Bibl.; München, Univ.=Bibl.).

Wyber ben falſchge | nanten Ecclefiaſten, vn̄ warhafftigen Ertzketzer Mar | tinum Luther Emſers getratwe vn̄ natwe vorwar= | nung mit beſten= biger vorlegung aus bewer= | ter, vnd canoniſcher ſchrifft. | Wappen. | Te- traſticon Emſeri. | noch 4 Zeilen. Bogen A — B. Bg. T nur 2 Bl., alſo 78 Bl. 4°, letzte Seite leer. Impr.: „Gedruckt in der Fürſtlichen | Stadt Dreſden. | M. D. XXiiij." Weller, Repert. typogr. Nr. 2861. (München, Univ.=Bibl.; Breslau, Univ.=Bibl.)

113. Miſſae | Chriſtianorum contra Luthera | nam miſſandi formulā | Aſſertio. | Anno domini M. D. | XXIIII. | Titelborb. Titelrückſ. bedruckt. 20 Bl. 4°, letzte Seite leer (München, Univ.=Bibl.).

Miſſae chriſ | tianorum contra Lutera | nā miſſandi formulā | Aſſer- tio | Anno MD | xxIIII. Titelborb. Titelrückſ. bedruckt. 22 Bl. 4°, letzte Seite (Fijᵇ) Errata preli (München, Univ.=Bibl.).

MISSAE | CHRISTIANO | RVM CONTRA | Lutheranam miſ- | ſandi formula | Aſſertio | (ohne Titelborb.). 22 Bl. 4°, letzte Seite leer (München, Univ.=Bibl.).

Vgl. Moſen Nr. 41. — Nic. Hausmann wurde in Leipzig SS 1498 immatrikuliert und wurde im WS 1503 Magiſter. Vgl. auch D. G. Schmidt, N. Hausmann. Leipzig 1860 S. 31.

114. Enders, Luthers Briefw. IV 330.

115. In Euricii Cordi Calumnias 1526 Bl. Ciij.

116. D. Langer in Mitteilungen des Vereins für Geſch. der Stadt Meißen II (1888) S. 128 ff. Enders, Luthers Briefw. IV 316.

117. Erl. Ausg. 24² S. 250 ff.

118. Antwurt | Auff das leſterliche buch wi | der Biſchoff Beno zu Meiſ | ſen, vnd erhebung der hey= | ligē iungſt außgegāgen. | Emßer. | M. D. XXiiij. | Titelborb. Titelrückſ. bedruckt. 20 Bl. 4°, letzte Seite leer. Impr.: „Gedruckt in der Furſtlichen | Stat Dreſden. | M. D. XXiiij." (München, Univ.=Bibl.) Vgl. Moſen Nr. 43. — Die Gegenſchriften des Abtes Bachmann (Amnicola) und des Franziskaners Alvelb gegen Luther ſ. bei Seidemann, Beiträge I S. 86.

118a. Aynung vnd | vorbundnis | etzlicher Großmechtigen Furſten | vnd Herren, Geiſtlichen vnd Weltlichen, wyber Mar | tin Luther, vnd ſeyn | nachuolger. | Titelborb. o. O. und J. 6 Bl. 4°; bem einzigen mir bekannten Exemplar (München, Hof= und Staatsbibl.) fehlt das letzte Blatt. Ob dieſes ganz leer iſt, oder ob Emſers Verſe noch eine Fortſetzung hier haben, vermag ich daher nicht zu entſcheiden. Moſen unbekannt geblieben; vgl. Weller, Repert. typogr. Nr. 2860. Emſers Verſe auf Bl. Bᵇ. Luthers Schrift, auf die er Bezug nimmt, iſt ber „Brief an die Fürſten zu Sachſen von dem aufrühriſchen Geiſt", be Wette II 338 ff., Enders IV 372 ff.

(Juli 1524). — Um dieselbe Zeit veranstaltete Emser auch eine Ausgabe von des Dominikaners Ambrosius Catharinus Dialogus über das rechte Verständnis von Matth. 16, 18. 19 (s. Lämmer, Vortridentinische Theologie. Berlin 1858 S. 21 f.), dem er eine Widmung an Herzog Georg, Dresden 31. Juli 1524, voranstellte, mit scharfen Ausfällen auf die, welche die kathol. Wahrheit verlassen. Den vollen Titel s. bei Panzer Ann. VI S. 490 Nr. 1.

119. Erl. Ausg. 29, 114 ff.

120. Auff Luthers | grewel wider die heiligen [sic] Still= | meß. | Antwort. | Jtē wie, wo, vnd mit wol= | chen wortten Luther yhn seyn | büchern zur auffrur er= | mant, geschrieben | vnd getriben hat. | M. D. XXV. | Titelbordüre. Titelrückseite bedruckt. 22 Bl. 4°, ohne Impr. (München, Univ.=Bibl.). Vgl. Mosen Nr. 50, wo unter a und b dieselbe Ausgabe beschrieben ist, nur daß bei b die Bogenzahl falsch gezählt ist, da Mosen übersah, daß Bogen E nur aus 2 Blättern besteht.

121. Als Georg vom Schlachtfelde von Frankenhausen heimkehrte, begrüßte ihn Emsers Freund Bachmann mit einer Epistola gratulatoria, zu der Emser ein Vorwort lieferte. Mosen Nr. 53. Mir hat die Schrift nicht vorgelegen. Schon 1524 hatte Emser demselben Freunde Verse bei= gesteuert zu seiner Schrift „Czuerrettung den schwachen Ordens personen ... eyn Tröstlich Rede." Dresden 1524. Vgl. Weller, Supplementum 1874 Nr. 280.

121. Der Bock dryt frey auff den plan, | Hatt wider Ehren nye gethan, | Wie sehr sie yn gescholten han, | Was aber Luther für ein man, | Vnnd wilch ein spyll gefangen an, | Vnnd nůn den mantel wenden kan, | Nach dem der wind thůt einher gan, | Findstu in disem Büchlin stan. | Wappen. | M. D. XXv. | Titelrücks. bedr. 4 Bl. 4°, letzte Seite leer. Weller, Rep. typ. Nr. 3380. Mosen 51ᵇ, beide mit der Abweichung in Z. 1: auff diesen plan. (München Univ.=Bibl.) Andre Ausgabe: Weller 3379; Mosen Nr. 51ᵃ.

122. Vgl. Mosen Nr. 52; die Verse wieder abgedruckt in Cochlaeus, Commentaria 1549 p. 118; Eine alte deutsche Uebersetzung dieser Spott= verse s. bei Waldau S. 63 f.

123. In Euricii Cordi Calumnias 1526. Bl. C 4 und Biij.

124. Cochlaeus, Commentaria 1549 p. 142.

125. Mosen S. 36 und 75.

126. Weller, Rep. typ. Nr. 3775. Mosen S. 36. — Damals ver= anstaltete auch Emser in Dresden eine neue Ausgabe von Ecks Enchiridion, der er zwei Distichen beifügte. S. Panzer, Ann. VI S. 491 Nr. 4.

127. Enders, Luthers Briefwechsel V 229. 412. 413 f. Emser selbst erwähnt auch seine deutsche Ausgabe beider Schreiben; deren Titel s. Enders V 230 f.

128. Erl. Ausg. 30, 2 ff.

129. Emſzers bekentnis, | das er den Tittel auff | Luthers ſendbrieff an den König | zu Engelland gebracht, vnnd | das yhm Luther der ver= | kert, vnd zu mild ge= | bewt hatt. | 1527. | Titelborbüre; Titelrückſ. bedr. 4 Bl. 4°, letzte Seite leer. (München, Univ.=Bibl.)

Emſzers bekentnis, das er den titel | auff Luters Sendbrieff an den König zu En= | gelland gemacht, vnd das yhm Luter, | den verkert, vnd zu mild gebewt | hat. | Wappen Emſers. Darunter: Gedruckt zu Dreßben durch Wolffgang | Stöckel. | Titelrückſ. bedr. 4 Bl. 4°., letzte Seite leer. (München, Univ.=Bibl.) Neudruck in Niederer, Nachrichten II 85 ff. Moſen Nr. 59 und 60.

130. Daß Emſer nicht der Verfaſſer des polemiſch=ſatiriſchen „Bock= ſpiel Martin Luthers" iſt, wie Janſſen und Paſtor annahmen, hat jüngſt Spahn überzeugend dargethan. Es kann erſt Ende 1530 oder 1531 geſchrieben ſein. S. Janſſen im Katholik 1889 I 184; Geſch. b. beutſchen Volkes VI 302 ff. VII 468; M. Spahn im Katholik 1897 II 360 ff.

131. Vgl. Maurenbrecher, Geſch. d. kath. Reformation I 175.

132. Cochläus, Comment. de actis et scriptis Lutheri 1549 p. 55.

133. Seidemann, Erläuterungen S. 50 ff.; derſ. Beiträge I 58 f. 76.

134. Auß was grund | vnnd vrſach | Luthers dolmatſchung, vber das | name teſtament, dem gemeine man | billich vorbotten worden ſey. | Mit ſcheynbarlicher anzeygung, wie, wo, vnd | an wölchen ſtellen, Luther den text vorkert, vnd | vngetrewlich gehandelt, oder mit falſchen glo= | ſen vnd vorreden auß der alten Chriſtelichen ban, | auff ſeyn vorteyl vnd whan gefurt hab. | Von dem Ordinario Loci, Meynem gnebige | Herrn, Herrn Adolpho Biſchouen zu Mer= | ſeburg vnd Furſten zu Anhalt 2c. vberſichti= | get, vnd zugelaſſen. | Titelrückſ. bedr.; 158 bezifferte Bl. 4°; letzte S. leer. Jmpr. „Gedruckt zu Leypßgk durch | Wolffgäg Stöckel". (München, Univ.= Bibl.) Die nächſte Auflage erſchien unter dem kürzeren Titel: Anno= tationes | Hieronymi Emſer | vber Luthers naw | Teſtamēt gebeſſert | vnd emēbirt. | Dreſde. | M D XXiiij. Titelbordüre 33 Bogen 8°, die letzten 2 Blätter leer. Am Schluß die Jahreszahl 1525. Druck von Wolfg. Stöckel. Weller Repert. typ. 3377. Spätere Ausgaben von 1528, 1529, 1535 und 1571 ſ. bei Moſen Nr. 39. Vgl. über dieſes Buch die ſorgfältigen Er= örterungen von G. W. Panzer in ſeinem Verſuch einer kurzen Geſchichte der römiſch=katholiſchen beutſchen Bibelüberſetzung. Nürnberg 1781 S. 16—30.

134a. Dieſe „1400 Fälſchungen" hält unter Berufung auf Emſer auch Petr. Sylvius Luther vor, ſ. Archiv f. Litt. Geſch. V (1876) S. 289.

135. Die offenkundige Verkehrtheit Emſers mit ſeinem „huſſiſchen" Exemplar, aus dem Luther überſetzt haben ſolle, hat L. Keller, Die Waldenſer und die beutſchen Bibelüberſetzungen. Leipz. 1886 S. 79 ff., nicht gehindert, darauf das Kartenhaus einer waldenſiſchen Vulgata=Recenſion aufzubauen. Vgl. bagegen W. Möller in Deutſche Litt. Zeitung 1887 Sp. 265 ff. Kolbe in Gött. gel. Anz. 1887 S. 20 ff.

136. Erl. Ausg. 65 S. 111 ff.

137. G. Uhlhorn, U. Rhegius. Elberfeld 1861 S. 63.

138. Nieberer, Nachrichten I 208.

139. Auß was grund Bl. 157 ᵇ.

140. Die ed. princ. s. bei Panzer a. a. O. S. 34 ff. Muther I 245.
(Bresl. Univ.=Bibl. und Stadt=Bibl.) Weitere Ausgaben: Leipz. V. Schu=
mann 1528. 8⁰. Panzer S. 47. Muther I 249. (Bresl. Univ.=Bibl.);
Köln, P. Quentel 1528. 8⁰. Panzer S. 58. Muther I 244; s. l. (Köln?)
1529. 8⁰. Panzer S. 60. Muther I 244; Freiburg, Joh. Faber 1529. 8⁰,
aufgeführt in L. Rosenthals Bibliotheca Lutherana XXXVIII. S. 46. Nr. 685;
Leipzig, V. Schumann 1529. 8⁰. Panzer S. 62. Muther I 250 (Bresl.
Univ.=Bibl. und Stadt=Bibl.); Köln, Hero Fuchs 1529, Folio (von
J. Dietenberger besorgt). Wedewer, J. Dietenberger 1888 S. 469. Panzer
S. 64. Muther, Aelteste deutsche Bilder=Bibeln S. 65. (Bresl. Univ.=Bibl.);
Rostock (niederdeutsch) 1530. 8⁰. Panzer S. 67, Enders, Luthers Briefw.
VII 192; Tübingen, P. Quentel 1532, Folio (von Dietenberger besorgt).
Wedewer S. 470; Panzer S. 68. (Bresl. Univ.=Bibl.); Freiburg, Joh. Faber
1534. 8⁰., ebenso 1535, 1539 (Bresl. Stadt=Bibl.), 1551. Panzer S. 69 ff.;
Neiße, Joh. Creutziger 1571. 8⁰. Panzer S. 71. (Breslau, Univ.=Bibl.);
Köln, Maternus Cholinus 1583. 8. Panzer S. 72. Weitere Kölner
Drucke 1583, 1603, 1605 (mit neuer Textrevision, 12⁰, Bresl. Univ.=Bibl.),
1612, 1623, 1626, 1640, 1654 (Bresl. Univ.=Bibl.), 1656, 1657 (Bresl. Stadt=
Bibl.), 1726, 1734; Würzburg 1671; Neiße 1713 (Bresl. Stadt=Bibl.);
Sulzbach 1714; Nürnberg 1720, 1723. In der Ueberarbeitung Dietenbergers
wurde Emsers Arbeit dann noch in Ausgaben der ganzen Bibel von
1534—1776 58 mal gedruckt nach Wedewer S. 470—477, und als N. T.
besonders noch 14 mal, ebb. S. 477 f. Und auch in Ecks Bearbeitung
erlebte sie noch 7 Aufl.

141. R. Muther, die Bücherillustration der Gothik und Frührenaissance.
München 1884, bildet auf Tafel 157 das erste der 3 in Betracht kommenden
Bilder ab, aber nicht, wie er angiebt, nach der ed. princ.; darum ist hier
die 3fache Krone bereits weggeschnitten. — Ueber die ganze Bilderreihe,
ihr Verhältnis zu Dürer u. s. w. s. Muther a. a. O. I 235 ff. Gottfried
Leigel hatte schon 1524 für die Wittenberger Oktavausgabe die Bilder
geliefert; vgl. I 237 ff. und 245, wo der Bilderschmuck der Emserschen
Bibel genauer beschrieben ist. Ferner vgl. R. Muther, Die ältesten deutschen
Bilder=Bibeln. München 1883 S. 17 ff. 25 ff. 29 f. 61 ff.

142. Vgl. Nieberer, Nachrichten III S. 159; Schelhorn, Ergötzlich=
keiten III 611 ff.; M. B. Lindau, L. Cranach. Leipz. 1883 S. 195 f.;
Panzer S. 39 f.

143. Vgl. W. Walther, Die deutsche Bibelübersetzung des Mittelalters.
Braunschw. 1889 S. 744. Möller, K. Gesch. III S. 31. Und diese Warnung
ist immer wieder mit abgedruckt worden, z. B. noch Neiße 1713.

144. Ungedruckt; Staatsarchiv zu Zerbst. Dieselbe Fürstin hatte
Emser 10 Glb. zum Druck des N. T. „dargestreckt", wofür sie dann „mit

buchern und exemplaren verglichen" werden sollte (Brief Emsers vom 25. Dez. 1526, in Zerbst).

145. Vgl. Panzer S. 56. Wedewer S. 162. In der 1. Aufl. ist in dieser Beziehung beachtenswert, daß Matth. 1 das „wird schwanger sein" mit „wird im Leibe haben" vertauscht ist.

146. Wedewer S. 162; J. A. Fabricius, Centifolium Lutheranum p. 703; Cochlaeus, Commentaria p. 161.

147. z. B. Fr. Kluge, Von Luther zu Lessing.² Straßb. 1888 S. 39. G. Keferstein, Der Lautstand in den Bibelübersetzungen von Emser und Eck. Jena 1888 S. 7.

148. Enders, Luthers Briefw. VI 146. vgl. de W. III 397; Seide= mann, Lutherbriefe S. 35; Enders VII 14.

149. de Wette III 528 ff. Enders VII 190 ff.

150. Erl. Ausg. 65, 106 f.

151. Bindseil, Colloquia I 149. Tagebuch des Cordatus Nr. 346. — Pastor schreibt (Janssen, Gesch. b. deutschen Volkes VII 559): „Luther machte sich, ohne Emser mit einer Silbe zu nennen, viele Berichtigungen des ‚Eublers‘ zu Nutze", und verweist dafür auf Panzer S. 23 ff. Dort führt Panzer 42 Stellen aus der Uebersetzung der Apostelgesch. an, die Emser tadelt; darunter sind 6, an denen Luther später Berichtigungen vorgenommen hat. Zur Hälfte handelt es sich dabei um Worte, die beim Uebersetzen ausgefallen waren, also bei einer Revision nachgetragen werden mußten. Es bleiben also nur einige wenige Fälle übrig, wo Luther später den Ausdruck selbst verbessert. Daß das auch nur in einem Falle auf Grund der Emserschen Kritik geschehen ist, läßt sich nicht nachweisen. Die Hauptmasse der von Panzer mitgeteilten Bemerkungen Emsers ist so ver= fehlt und z. T. so lächerlich, daß ich für unwahrscheinlich halte, daß Luther bei der Revision seiner Arbeit grade bei diesem sich Belehrung geholt haben sollte.

152. Th. Kolde, M. Luther II 37 f. C. F. Jäger, A. Bodenstein v. Carlstadt. Stuttg. 1856 S. 263 ff.

153. Das man der heyli | gē bilder yn den kirchē nit abthon, noch | vnehren soll, Vnnd das sie yn der | schrifft nynbert verbottē seyn. | Hiero= nymus Emser. | Wappen. Titelrücks. bedruckt. 32 Bl. 4°. letzte Seite leer. (München, Univ.=Bibl.) Weller, Rep. typ. Nr. 2044.

154. DE CANONE | MISSAE HVLDRYCHI ZVIN | GLII EPICHIRESIS. | Bild Christi. | Ω κύριε νόεδησον δή [so!] | Matthei 11. | Venite ad me omnes qui laboratis & onerati | estis, & ego reficiam uos. | Titelbordüre. Titelrücks. bebr. 28 Bl. 4°. letzte S. leer. Impr.: Tiguri. Per Christophorū | Froschouer. Anno. | M. D. XXIII. | vgl. G. Finsler, Zwingli=Bibliographie. Zürich 1897 S. 21. Zw. Opp. III 83 ff. Au. Baur, Zwinglis Theologie I 308 ff. R. Staehelin, H. Zwingli I 310 ff.

155. Außer der bei Mosen Nr. 42 aufgeführten Ausg.: CANO | NIS MISSAe | CONTRA HVLDRI- | CVN [so] ZVINGLIVM. | DE-

FENSIO. | M. D. XXIIII. | ♣ | Ohne Titelborb. Titelrücks. bedr., 32 Bl. 4°, letzte Seite leer. (München, Univ.-Bibl.) Hier Wimpfelings Brief vom 23. Mai 1524 = Enders, Briefw. IV 344 f. Späterer Abbruck Köln 1532 (s. bei Enders). Baur I 314 Anm. 1 verwechselt die Schrift Emsers gegen Luther mit der gegen Zwingli; ebenso Staehelin I 389.

156. Opp. VII 341 f. Antibolon Bl. Aij. Den Titel des Antibolon s. bei Finsler a. a. O. S. 27 f. (Breslau, Stadt-Bibl.); abgedr. Opp. III 121 ff. Baur I 314. Staehelin I 380 ff. 442. Die deutsche Ausgabe: Opp. VII 384; Finsler S. 28 f.

157. Hieronymi Emseri | Praesbyteri Apologeticon in | Vlbrici Zuinglij | Antibolon. | Wappen | M. D. XXV. | Titelrücks. bedruckt. 10 Bl. 4°, letzte S. leer. (München, Univ.-Bibl.)

158. W. Möller, A. Osiander S. 18 ff. Fr. Roth, Die Einführung der Reform. in Nürnberg. Würzburg 1885 S. 148 ff. Ich benutze den Druck: Grundt vnd Vrsach auß | der heyligen schrifft, wie | vnd warumb, die Erwirbigen Herren, | — — — | Nürnberg. | — — — 14 Bogen 4°. (Die letzten 3 Seiten leer.)

159. Wyder der zweier | Proebst zu Nurmberg Falsche grund vnd | vrsachen, Warumb sie die heyligen Meß | vnd andere Christliche stuck vnd ceremoniē | geendert vnd zū teyl gar abgethan haben. | Emßer | Wappen. 26 Bl. 4°, letzte S. leer. (München, Univ.-Bibl.) Mosen Nr. 47.

160. Apologeticon in U. Zwinglii Antibolon. Bl. Cij.

161. Ein Missi= | ue oder Sendbrieue Hie | ronymi Emßer, an Ni | colaum Haußmann, | pfarrern zu Zwickaw. | M. D. XXV. | Titelborb. 8 Bl. 4°, letztes Bl. leer. (Bresl. Univ. Bibl.)

162. C. Krause, Euricius Cordus. Hanau 1863 S. 83 f.

163. Euricii Cordi Opera, Francof. 1564 Bl. 184.

164. Ebb. Bl. 184ᵇ. Dieses und das vorige Epigramm in anderer Uebertragung auch in Mitteilungen des Vereins für Geschichte der Stadt Meißen. Bd. II S. 132 u. 136.

165. Ebb. Bl. 186ᵇ.

166. Ebb. Bl. 187.

167. Ich benutze die spätere Ausgabe: Ad invictissimum Imperatorem Carolum quintum . . Paraeneticon. Marpurgi M. D. XXVII, Joh. Lörsfelt. 4°. (Breslau, Stadt-Bibl.) Den genauen Titel siehe bei v. Dommer, Die ältesten Drucke aus Marburg. 1892 S. 1 Nr. 1 (vgl. C. Krause, a. a. O. S. 91 ff.). — Bl. F 4ᵇ nnd Bl. G iij.

168. IN EV | RICII CORDI ME | DICI ANTILVTHE- | ROMAS-TIGOS | CALVMNIAS. | expurgatio pro Ca- | tholicis: | Titelborbüre. Titelrückseite bedruckt. 12 Bl. 8, letzte Seite leer. (München, Univ.-Bibl.) Vgl. Mosen Nr. 57.

169. Bl. Aᵇ; A iij; A 4; B ijᵇ; B iij.

170. Opp. Erasmi III 1055 f.

171. A venatione Lutheriana assertio. Bl. C 4.

172. Ebb.

173. Enders, L. u. E. I 17 f.

174. In der Schrift gegen Karlstadt Bl. H iij (vgl. dazu Janssens abgeblaßtes Citat der Stelle, Gesch. d. deutschen Volkes II 214); Bl. F 4ᵇ.

175. Enders, L. u. E. I 18.

176. Apologeticon in U. Zwinglii Antibolon. 1525 Bl. C iij ᵇ.

177. Wider den falsch genannten Ecclesiasten 1523 Bl. A ijᵇ. Enders, L. u. E. I 58.

178. Enders, L. u. E. I 49 f.

179. Ebb. I 58, II 200 f.

180. Ebb. I 25 ff., 28 ff.

181. Ebb. I 11 f.

182. Ebb. I 9 f. Emser beruft sich dafür auf Erasmus im Enchirid. militis christiani. Er meint die Stelle in seiner Ausg. Lips. 1520 Bl. VI: uti divina scriptura non multum habet fructus, si in litera persistas haereasque, ita non parum utilis est Homerica Virgilianaque poesis, si memineris eam totam esse allegoricam.

183. Vgl. Enders, L. u. E. I 12, 51, 96, II 138 ff., 166 ff.

184. In der Schrift gegen Karlstadt Bl. E iijᵇ.

185. Enders, L. u. E. I 73.

186. Ebb. z. B. I 25, 33, 76, 108, 125, II 166; Missae Christianorum contra Luth. assertio Bl. B iijᵇ; C 4; D 4ᵇ. — Enders I 87. Vgl. Laur. Valla in seinen Annotationes in N. T. zu Act. 17 ed. Paris 1505. Bl. XXVᵇ, die gelehrtesten Männer behaupteten, Apollinarius sei der Verfasser.

187. Ebb. II 155 ff.

188. Ebb. I 68 f.

189. Huffit: z. B. I 79, 107, 121, 135, II 136. Ketzerverbrennen 2c.: II 155, 217 f.

190. Wider den falsch genannten Ecclesiasten 1523 Bl. B iijᵇ, D iijᵇ.

191. „Luther ist selber ein Priapist", dieser schändliche Vorwurf, den Emser bei dem 9. unter den im Texte aufgeführten 20 Zeichen erhebt, findet nur darin eine gewisse Entschuldigung, daß Luther selbst mit dem schnöden Wortspiel „Papisten Priapisten" (Erl. Ausg. 28, S. 162) vorausgegangen war.

192. Ebb. Bl. G 4. Enders II 209.

193. Emßers Sermon am tag des hei | ligen Hieronymi, nechst vorschi= | nen, zu Leypßgk geprediget. | Wappen. | Gedruckt zu Leypßgk durch Wolff= | gang Stöckel jm jar. 1523. | Titelrücks. bedruckt. 8 Bl. 4. (München, Univ.=Bibl.) Mosen Nr. 40.

194. Johann Rasch, Weinbuch. München (1582). Bl. A ijᵇ.

195. Enders, L. u. E. II 45, 47.

196. C. Krause, Helius Eobanus Hessus. Gotha 1879 I 119, 307.

197. Ebd. I 328 f. Opera H. Eob. Hessi, Halae Suev. 1539 im letzten Teil Bl. 126ᵇ ff. Ein Exemplar des Ludus in Caprum Emseranum in Nürnb., Germ. Muf.; vgl. auch Enders, Briefw. III 163, 166. L. Rosen=thal, Biblioth. Luth. XXXVIII, S. 106 Nr. 1505.

198. Krause I 329.

199. Eckius dedolatus, Neudr. von S. Szamatólski. Berlin 1891 S. 17 und 32.

200. Schade, Satiren und Pasquille II 194.

201. Ein warnung an den | Bock Emser. | (Ohne Titelborb.) 4 Bl. 4°, letzte Seite leer. Ohne Impr. (München, Hof= u. Staats=Bibl.)

202. Emßers Antwurt | auf die warnüg ober schant | buch Durch vngereympte Reymen, [N wie ein K] on eyn | namen außgangen, | Wappen | Ob du dich selbs nit nennen wilt, | Noch triff ich dich recht auff den schilt, | Es ist ein schlechte kunst vmb schelten, | Und ligt aleyn am wibergelten. | 4 Bl. 4°, letztes Bl. leer (Breslau, Univ.=Bibl.).

203. Schnorr v. Carolsfeld, Erasmus Alberus S. 9. Fröschel, Vom Königreich Christi Jesu. Wittenb. 1566 Bl. B.

204. ¶ Eyn missyue ob= | der Sendbrieff, so die Ebtis= | sche vo Nürnberg an be hoch | berühmpten Bock | Emser geschrieben | hatt, fast kunstlich | vñ geistlich auch | gut Nonhisch | getich= | tet. | D. M. XXiij. | [so!] Titelborb. Titelrückf. bedruckt. 4 Bl. 4°. (Breslau, Univ.=Bibl.) Zur Titelborb. vgl. v. Dommer, Lutherdrucke, Leipzig 1888 S. 262 Nr. 137; danach Druck von L. Trutebul in Erfurt. Vgl. Rieberer, Nachrichten I 191 ff.

205. Rieberer I 206.

206. Emßers entschuldigung von wegen | der Ehrwirbigen Domina | der Abtissin zu | Nürmberg | Wappen | ¶ Mit gunst wissen vnd willen des Ordinarij, | Loci. Inhalt. K. M. mandat, außgangen. | 4 Bl. 4°, letzte S. leer. Schluß: „wolffgang Stockel.“ (Breslau, Univ.=Bibl.)

207. Rieberer I 206 ff.

208. LVCIANI | RHETOR A | BILIBALDO | PIRCKAIME | RO IN LATI | NVM VER | SVS. | Titelborb., auf der Titelrückseite beginnt (— A 4) die Widmung an Emser. 3 Bogen 4°, letzte Seite leer. Impr.: Hagenoæ in ædibus Thomæ Anshelmi | Mense Januario. Anno M. D. XX. | (Breslau, Stabt=Bibl.).

209. Zeitschrift für Kirchengesch. 18, 109 ff. Vgl. auch Emsers Klage, daß er auf seine eignen Kosten seine latein. und deutschen Schriften müsse drucken lassen, Enders, L. u. E. II 202.

210. Vgl. Webewer, Joh. Dietenberger, Freiburg 1888 S. 250, 302 ꝛc.

211. J. A. Fabricius, Centifolium Lutheranum, Hamb. 1728 S. 703.

212. Heumanni Documenta liter. S. 56 f. Friedr. Myconius, Refor=mations=Historie ed. Cyprianus S. 36. Nic. Selneccer, Der gantze Prophet Jeremias . . . Ausgelegt. Leipzig 1566 Bl. Ll (Kap. 38). Ihm folgen: Jrenäus, Spiegel der Hellen. Ursel 1581 Bl. 174; Sigism. Suevus, Trewe

130

Warnung Für der leibigen Verzweiffelung. Görlitz 1572 Bl. H 6; Marcus Wagner, Einfeltiger Bericht: Wie durch Nic. Storcken die Auffruhr . . . angefangen. Erfurt 1592 Bl. 33ᵇ; Otho Melander, Jocorum atque Seriorum Centuriae aliqnot. Francof. 1603 S. 107 (Nr. CXXVI). Vgl. auch N. Paulus, Luthers Lebensende. Freiburg 1898 S. 7.

213. Die Grabschrift auch bei J. G. Michaelis, Inscriptiones Dresd. Dresden 1714 lib. III S. 217.

214. ELEGEIA, | In morte boctissimi | viri, Hieronimi | Emseri, Artiū | Magistri, et | Juriū. | Licentiati, Lutheromastigos | uehementissimi, Lypsiæ | per Joachimum Mi- | ricianum ædita. | — — — | M. D. XXVII. 8 Bl. 8°. (Breslau, Stadt=Bibl.)

IN LVGV- | BRES TRIVM AMICO- | rum occubitus, nempe, | Hieronymi Emseri . . . | Andreæ Epiftatis Deliciani Rhetoris Lypfici | Henrici Hamiferi Northemii . . . Henningi Pyrgallij Afcalingi | θρηνος | Lypfiæ ex ædibus Nicolai Fabri Anno | M. D. XXVIII. Pridie | kalē. Ianna. | Titelrückf. bedruckt. 8 Bl. 8°, letzte S. leer. (Breslau, Stadt=Bibl.)

Inhaltsübersicht.

———

www.ingramcontent.com/pod-product-compliance
Lightning Source LLC
Chambersburg PA
CBHW020408030726
47496CB00007B/2360